AF138216

William Shakespeare

Konung Henrik den Sjette

Anatiposi

William Shakespeare

Konung Henrik den Sjette

Oförändrat nytryck av originalutgåvan från 1861.

1:a upplagan 2023 | ISBN: 978-3-38220-020-6

Anatiposi Verlag är ett imprint av Outlook Verlagsgesellschaft mbH.

Verlag (Förlag): Outlook Verlag GmbH, Zeilweg 44, 60439 Frankfurt, Deutschland
Vertretungsberechtigt (Auktoriserad representant): E. Roepke, Zeilweg 44, 60439 Frankfurt, Deutschland
Druck (Tryckeri): Books on Demand GmbH, In de Tarpen 42, 22848 Norderstedt, Deutschland

SHAKSPEARE'S
DRAMATISKA ARBETEN,

ÖFVERSATTA

AF

CARL AUGUST HAGBERG.

FEMTE BANDET.

KONUNG HENRIK DEN SJETTE. TREDJE DELEN.
KONUNG RICHARD DEN TREDJE.
KONUNG HENRIK DEN ÅTTONDE.

LUND,
TRYCKT PÅ BOKHANDLAREN C. W. K. GLEERUPS FÖRLAG
UTI BERLINGSKA BOKTRYCKERIET,
1861.

KONUNG HENRIK DEN SJETTE.

TREDJE DELEN.

PERSONER:

KONUNG HENRIK den sjette.
EDVARD, prins af Wales, hans son.
LUDVIG den elfte, konung af Frankrike.

Hertigen af SOMERSET, \
Hertigen af EXETER, \
Grefven af OXFORD, \
Grefven af NORTHUM- } af konung
  BERLAND, } Henriks
Grefven af WESTMO- } parti.
  RELAND, \
Lord CLIFFORD, /

RICHARD PLANTAGENET, hertig af York.

EDVARD, grefve af MARCH, \
  sedermera konung ED- \
  VARD den fjerde, \
EDMUND, grefve af RUT- } hans
  LAND, } söner.
GEORG, sedermera hertig af CLARENCE, \
RICHARD, sedermera hertig af GLOCESTER, /

Hertigen af NORFOLK, } af Yorkska
Markisen af MONTA- } partiet.
GUE, /

Grefven af WARWICK, \
Grefven af PEMBROKE, } af Yorkska
Lord HASTINGS, } partiet.
Lord STAFFORD, /

Sir JOHN MOR- \
  TIMER, } hertigens af York
Sir HUGH MOR- } morbröder.
  TIMER, /

HENRIK, den unga grefven af RICHMOND.
Lord RIVERS, bror till lady Grey.
Sir William STANLEY.
Sir JOHN MONTGOMERY. Sir John SOMERVILLE.
Rutlands lärare.
MAYOR'N i York. KOMMENDANTEN på Towern.
En adelsman. Två skogvaktare.
En Jägare.
En son, som har dräpt sin far.
En far, som har dräpt sin son.
Drottning MARGARETHA.
Lady GREY, sedermera Edvard den fjerdes gemål.
BONA, syster till konungen i Frankrike.

Soldater. Konung Henriks och Konung Edvards svit, budbärare, vakt, m. fl.

SCENEN är i första delen af tredje akten i Frankrike, för öfrigt i England.

FÖRSTA AKTEN.   FÖRSTA SCENEN.

London.   Parlaments-huset.

(Trummor.   Några soldater af YORKS *parti bryta sig in.
Derefter komma hertigen af* YORK, EDVARD, RICHARD,
NORFOLK, MONTAGUE, WARWICK *och flere med hvita
rosor på hattarna).*

Warw.   Jag undrar, hur kungen undkom oss.

York.   Då nordens ryttarskaror vi förföljde,
Han stal sig bort och öfvergaf sitt folk,
Hvarpå den store lord Northumberland,
Hvars hjelteöra aldrig led reträtter,
Den matta hären styrkte; och han sjelf,
Lord Clifford och lord Stafford rusade
Bröstgänges mot vår front och bröto in,
Men föllo under simpla knektars svärd.

Edv.   Lord Staffords fader, hertig Buckingham,
Är dödad eller också illa sårad;
Jag klöf hans hjelmvisir med väldigt hugg;
Att det är sant, min far, — se här hans blod.
(Visar sitt blodiga svärd).

Mont.   (Wisar sitt svärd för York).
Se, broder, här är grefve Wiltshires blod,
Jag honom slog i första handgemänget.

Rich.   (Kastar SOMERSETS *hufvud ned på marken).*
Nu kan du säga sjelf hvad jag har gjort.

York.   Bland mina söner Richard stått sig bäst. —
Hvad, är hans nåde död, lord Somerset?

Norf.   Så falle, John af Gaunt, din hela ätt!

Rich.   Så hoppas jag att skaka Henriks hufvud.

Warw.   Så också jag. — Du segersälle York,
Förrän jag sett dig lyftad på den thron,
Som huset Lancaster nu usurperar,
Skall jag, vid Gud, ej dessa ögon lycka.
Se, detta är den fega kungens slott,

2

Och denna är hans thron; tag in den, York,
Ty den är din, men ej kung Henriks ätts.
York. Det vill jag ock; men hjelp mig, gode Warwick,
Ty hit vi hafva brutit in med våld.
Norf. Wi hjelpa alla; den som flyr skall dö.
York. Tack, ädle Norfolk! — Stannen qvar, mylords; —
Soldater, dröjen qvar hos mig i natt.
Warw. Och kommer kungen, öfven intet våld,
Så framt han ej med våld er vill förjaga.
              (*Soldaterna draga sig tillbaka*).
York. Här håller drottningen i dag sitt råd,
Men har väl knappt en aning om att vi
Der ämna vara med; vår rätt vi skola
Med talan eller svärdshugg vinna åter.
Rich. Stålklädda som vi äro, här vi dröje.
Warw. Ett blodigt parlament skall detta kallas,
Så framt ej hertigen af York blir kung
Och skygge Henrik afsatt, han hvars feghet
Hos fienden har gjort oss till ett ordspråk.
York. Men sviken mig ej, lorder; stånden fast,
Jag vill min rätt uti besittning taga.
Warw. Ej konungen och ej hans bästa vän,
Den stoltaste som stöder Lancaster,
Skall våga lyfta vingarna, om Warwick
Sin klocka skakar. Här jag skall plantera
Plantagenet; ryck upp'en den som djerfs! —
Beslut dig, Richard, fordra Englands krona.

(*Warwick leder* YORK *till thronen;* YORK *sätter sig der*)
(*Fanfarer. Komung* HENRIK, CLIFFORD, NORTHUMBERLAND,
    WESTMORELAND, EXETER *och flere uppträda med röda
    rosor på hattarna*).
    K. Henr. Mylords, se der den trotsiga rebellen
På Englands thron! Kanhända tänker han,
Af Warwick understödd, den falske pären,
Min krona vinna och som konung herrska. —
Grefve Northumberland, han drap din fader,

1*   3

Och din, lord Clifford; hämnd ni båda lofvat
På honom och hans barn och vänner alla.
North. Gud straffe mig, om jag ej kräfver hämd!
Cliff. I hopp om hämd bär Clifford stål till sorgdrägt.
Westm. Hvad, skall man tåla sådant? Ned med honom!
Min barm olideligt af vrede brinner.
K. Henr. Var tålig, ädle grefve Westmoreland.
Cliff. Pultroner hafva tålamod som han;
Han satt ej der, om än er fader lefde.
Låt, ädle kung, oss här i parlamentet
Ett anfall göra uppå huset York.
North. Bra sagdt, min frände; låt oss göra det.
K. Henr. Ack, vet ni ej, att staden gynnar dem,
Och att en krigshär lyder deras vink?
Exet. Den flyr på stund, när hertigen är dräpt.
K. Henr. Från Henriks bröst den tanken fjerran vare
Att göra parlamentet till en slagtbänk!
Nej, frände, ord och hot och vreda blickar,
Det är det krig som Henrik ärnar föra. —
                        (De närma sig hertigen).
Stig ned från thronen, du rebell af York,
Och knäböj vid min fot och bed om nåd,
Jag är din kung.
York.   Ett misstag! jag är din.
Exet. O blygs, stig ned! Han dig till hertig gjort.
York. Det var mitt arf så väl som kungariket.
Exet. Din fader var förrädare mot kronan.
Warw. Du sjelf mot kronan är förrädare,
I det du lyder usurpatorn Henrik.
Cliff. Hvem bör han lyda, om ej laglig konung?
Warw. Rätt, Clifford; det är Richard, hertig York.
K. Henr. Och skall jag stå och du på thronen sitta?
York. Så skall och måste ske; gif dig till tåls.
Warw. Var hertig Lancaster, men konung han.
Westm. Han både konung är och Lancaster,
Och det skall grefve Westmoreland bevisa.
Warw. Och Warwick vederlägga; ni har glömt,

Att det var vi som slogo er ur fältet,
Nedgjorde edra fäder och till slottet
Med höjda fanor drogo genom staden.
North. Ja, Warwick, till min sorg jag mins det nog;
Du och din ätt en gång det skola ångra.
Westm. Plantagenet, af dig och dina söner
Och slägt och vänner flera lif jag tager,
Än droppar blod min fader i sig hade.
Cliff. Håll inne nu, att ej i ordens ställe
Jag skickar dig ett sådant budskap, Warwick,
Som, förr än jag mig rör, hans död skall hämna.
Warw. Du stackars Clifford, hur jag dig föraktar!
York. Låt oss vår rätt till kronan veckla ut;
Om ej, så döme svärdet oss emellan.
K. Henr. Förrädare, hvad rätt har du till kronan?
Din fader var som du till York en hertig,
Din farfar Roger Mortimer af March.
Jag är en laglig son till femte Henrik,
Som knäckte Dauphin och Fransoserna
Och intog deras städer och provinser.
Warw. Nämn icke Frankland, som du nu förlorat.
K. Henr. Det gjorde lord protektorn, icke jag;
Jag var blott nio månar då jag kröntes.
Rich. Nu är du gammal nog, och dock förlorar du.
Ryck kronan från den usurpatorn, fader.
Edv. Gör det, min far, och sätt den på ditt hufvud.
Mont. *(Till* YORK). Min bror, så visst som vapen-
    bragd du älskar,
Låt svärdet döma, stå ej här och gräla.
Rich. Låt trumman gå, så flyr kung Henrik genast.
York. Tyst, söner!
K. Henr. Tyst, du! och låt kung Henrik ordet få.
Warw. Nej, först Plantagenet: — J lorder, hören;
Och ni, gif också akt och håll er tyst,
Den som afbryter honom skall ej lefva.
K. Henr. Tror du, att jag min kungathron vill lemna,
Der far och farfar sutit före mig?

5

Nej, först skall kriget detta land föröda
Och fanorna — i Frankland ofta burna
Och nu i England, till min hjertesorg, —
Min svepning bli. — Hvi bleknen J, mylords?
Mitt anspråk vida bättre är än hans.
Warw. Bevisa det, och du skall konung vara.
K. Henr. Af fjerde Henrik kronan vunnen blef.
York. Det var i uppror mot hans rätta konung.
K. Henr. Hvad skall jag säga? Svagt mitt anspråk är.
Säg, kan en kung ej välja sig en arfving?
York. Än sedan?
K. Henr. Om det han kan, så är jag laglig konung;
Ty Richard har i många lorders åsyn
Sin krona afträdt till den fjerde Henrik,
Hvars arfving var min far och jag är hans.
York. Han gjorde uppror mot sin kung och herre
Och honom tvang med våld att lemna kronan.
Warw. Men antag, att ej Richard blifvit tvungen;
Tror ni, att kronan derför borde lida?
Exet. Nej; ty han kunde ej afträda den
Åt någon annan än åt närmsta arfving.
K. Henr. Är du emot oss, hertig Exeter?
Exet. Hans sak är rättvis; derföre förlåt mig.
York. Hvi tasslen J, mylords, och svaren ej?
Exet. Mitt samvet säger mig, att han är konung.
K. Henr. De falla alla af från mig till honom.
North. Plantagenet, hur stort ditt kraf ock är,
Tro ej, att Henrik så skall blifva afsatt.
Warw. Jo, afsatt skall han bli till trots för alla.
North. Du dig bedrager: ej din makt i södern —
Från Essex, Norfolk, Suffolk och från Kent; —
Som gör dig nu så stolt och öfvermodig —
Kan, mig till trots, upphöja hertig York.
Cliff. Kung Henrik, rätt du hafve eller ej,
Lord Clifford drar sitt svärd till ditt försvar.
Mig sluke jorden lefvande, om jag
Knäböjer för den man, som drap min fader.

K. Henr. O Clifford, hur ditt ord mitt hjerta lifvar!
York. Afsäg dig kronan, Henrik Lancaster. —
Hvad mummel, lorder? konspirerar ni?
Warw. Gif denna höga hertig York sin rätt;
Jag annars fyller detta hus med krigsmän
Och skrifver öfver thronen, der han sitter,
Hans anspråk upp med usurpatorns blod.
(*Han stampar; soldater visa sig*).
K. Henr. Mylord af Warwick, hör ett enda ord;
Låt mig på lifstid få som kung regera.
York. Försäkra kronan åt min ätt och mig,
Och du på lifstid skall i ro få herrska.
K. Henr. Då är jag nöjd. Richard Plantagenet,
Tag riket i besittning efter mig.
Cliff. Hur orätt gjordt mot prinsen eder son!
Warw. Hur rätt mot England och mot honom sjelf!
Westm. Hopplösa, svaga och förskrämda Henrik!
Cliff. Hur orätt du har gjort dig sjelf och oss!
Westm. Jag gitter icke stanna qvar och höra
På dessa mäklingar.
North. Ej heller jag.
Cliff. Kom, låt oss säga det för drottningen.
Westm. Farväl, vanslägtade och svaga kung,
Hvars kalla blod ej har en gnista ära.
North. Må du ett byte bli för huset York
Och dö för denna fega bragd i bojor!
Cliff. I gräsligt krig du blifve öfvervunnen,
Ja, eller död i frid, men djupt föraktad!
(NORTHUMBERLAND, CLIFFORD *och* WESTMORELAND *gå*).
Warw. Se hitåt, Henrik; bry dig icke om dem.
Exet. De söka hämd, och derför tredskas de.
K. Henr. Ack, Exeter!
Warw. Hvi suckar ni, min kung?
K. Henr. Ej för mig sjelf, mylord, men för min son,
Den jag så onaturligt arflös gör.
Men, lika godt; jag ger i arf och ägo
Till evig tid åt dig och dina kronan,

Med villkor att du här mig gör den ed
Att sluta inhemskt krig och i min lifstid
Mig ära som din rätta kung och herre
Och aldrig söka mer med våld och list
Att störta mig och göra dig till konung.
York. Den eden svär jag strax och håller den.
(Stiger ned från thronen).
Warw. Kung Henrik lefve! — famntag honom, York!
K. Henr. York, lefve du och dina raska söner!
York. Nu York och Lancaster försoning stiftat.
Exet. Förbannad den som fiendskapen väcker!
(Lorderna träda fram).
York. Farväl, min kung; jag reser till mitt slott.
Warw. Och jag besätter London med mitt krigsfolk.
Norf. Och jag till Norfolk drager med min skara.
Mont. Och jag till sjös igen, derfrån jag kommit.
(YORK *och hans söner,* WARWICK, NORFOLK, MONTAGUE,
soldater, m. fl. gå).
K. Henr. Och jag med sorg och smärta går till hofvet.

(Drottning MARGARETHA *och prinsen af Wales uppträda).*
Exet. Här kommer drottningen med vreda blickar;
Jag stjäl mig bort.
K. Henr.   Och så gör också jag.   *(Vill gå).*
Marg. Gå icke bort från mig; jag följer dig.
K. Henr. Var lugn, min goda fru, så vill jag dröja.
Marg. Säg, hvem kan vara lugn vid sådan pina?
Eländige! Ack att jag dött som mö
Och aldrig sett dig, aldrig födt dig son,
Då du så onaturlig fader är!
Har han förtjent att så sin arfsrätt mista?
Om hälften blott så högt som jag du älskat
Och känt, som jag för honom, födselvånda,
Och honom närt med eget blod jom jag,
Du hade heldre spillt ditt hjerteblod
Än gjort den vilda York till thronarfvinge
Och så din enda son sitt arf beröfvat.

Pr. Min far, ni mäktar ej mig arflös göra;
Om ni är kung, så ärfver jag ju kronan?
K. Henr. Förlåt, Margretha; kära son, förlåt! —
Ty hertig York och Warwick ha mig tvingat.
Marg. Dig tvingat! Kung, och låta tvinga sig!
Jag blygs att höra det. Ack, fega usling!
Du har förstört dig sjelf, din son och mig
Och gifvit huset York en sådan makt,
Att blott på nåder du regerar nu.
Att gifva kronan hertig York i arf,
Hvad är det annat än din graf att gräfva
Och gå derin, långt förr'n din tid är kommen?
Warwick är kansler, herre till Calais;
• Den bistre Faulconbridge på sundet herrskar;
York är protektor öfver land och rike,
Och dock du tror dig säker? Späda lammet
En sådan säkerhet bland ulfvar finner.
Om der jag varit med, jag hade heldre,
Så qvinna som jag är, mig låtit slunga
Utaf soldaterna från pik till pik,
Än till en sådan sak jag bifall gifvit.
Men du ditt lif för äran föredrar,
Och derför, Henrik, skiljer jag mig nu
Från dig till säng och säte intill dess
Det parlamentsbeslut blir återkalladt,
I kraft hvaraf min son har blifvit arflös.
Vet, nordens lorder, som din fana lemnat,
Nog skola följa min, så snart den svajar;
Och svaja skall den dig till hån och skam
Och huset Yorks ohjelpliga ruin. —
Så lemnar jag nu dig; — vi gå, min son,
Vår här är redo; kom, vi följa den!

   K. Henr. Dröj, goda Margaretha, låt mig tala.

   Marg. Du sagt för mycket redan; gå din väg.

   K. Henr. Du dröjer väl hos mig, min snälla Edvard?

   Marg. Ja, för att blifva dräpt af fiender.

Er tänka här belägra i er borg;
Hon strax är här med tjugotusen man;
Befästa således ert slott, mylord.

York.   Ja, med mitt svärd; tror du vi fruktar dem? —
Edvard och Richard, dröjen qvar hos mig —
Min*broder Montague skall gå till London.
Den ädle Warwick, Cobham och de andre,
Som jag har satt till kungens protektorer,
Må sjelfva styrka sig med mäktig klokskap
Och icke tro den svaga Henriks eder.

Mont.   Jag går, min bror; jag nog skall vinna dem;
Och så jag tar ödmjukeligen afsked.   *(Går)*

(Sir JOHN *och sir* HUGH MORTIMER *uppträda).*

York.   Se, båda mina onkler, John och Hugh,
J kommen i en lycklig stund till Sandal,
Ty drottningens armée lär oss belägra.

S. John.   Det skall den ej, vi möta den på fältet.

York.   Hvad? Med femtusen man?

Rich.   Ja, med femhundra, fader, om det gäller.
En qvinna för den an; hvad är att frukta?

                        (En marsch höres på afstånd)
Edv.   Jag trumman hör; låt oss vårt manskap ordna
Och rycka ut och bjuda strax batalj.

York.   Fem emot tjugo! Väldig öfvermakt,
Dock tviflar jag ej, onkel, på vår seger.
Jag har i Frankland vunnit mången slagtning,
Då fienden var tio emot en;
Hvi skulle nu jag hafva mindre lycka?

                        (Vapenbrak.   De gå)

TREDJE SCENEN.

En slätt bredvid slottet Sandal.

(Vapenbrak. Anfall. RUTLAND *och hans lärare uppträda).*

Rutl.   Ack, säg, hvart skall jag fly från deras händer?
Ack, se der kommer blodbestänkte Clifford.

(CLIFFORD *uppträder med soldater*).
Cliff. Ur vägen, prest! Din prestrock räddar dig.
Men ynglet utaf denna satans hertig,
Hvars fader drap min fader — han skall dö.
Lär. Och jag, mylord, vill göra honom sällskap.
Cliff. Soldater, bort med honom!
Lär. Ack, Clifford, dräp ej ett oskyldigt barn!
Af Gud och menskor blir du hatad då.
(*Soldaterna släpa bort honom*).
Cliff. Hvad, är han redan död? Måhända fruktan
Har lyckt hans ögon; — jag vill öppna dem.
Rutl. Så glor ett utsvält lejon på den usling,
Som skälfver klämd utaf dess grymma tassar;
Så går det hånande ikring sitt rof
Och kommer sist och sliter det i stycken. —
Ack, goda Clifford, dräp mig med ditt svärd
Och ej med sådan grym och hotfull blick.
Ack, söta Clifford, hör mig förr'n jag dör; —
Jag är för ringa offer för din vrede,
På män du hämnas må; ack, låt mig lefva!
Cliff. Du beder fåfängt, barn! Min faders blod
Har hvarje ingång täppt för dina ord.
Rutl. Låt då min faders blod dem åter öppna;
Han är en man; mät dig med honom, Clifford.
Cliff. Om här jag hade alla dina bröder,
Ej deras lif och ditt mig vore nog.
Ja, grof jag dina fäders grafvar upp
Och slog i kedjor deras ruttna kistor,
Det släckte ej min harm, gaf mig ej ro.
Så snart af huset York jag ser en ättling,
Så rasa furier uti min själ,
Och tills jag rotat ut den satans stammen,
Så att det icke fins en enda qvar,
Så lefver jag i helvete. Och derför —
(*Lyfter upp sin arm*).
Rutl. O, låt mig göra bön, förrän jag dör!
Till dig jag beder: Clifford, var barmhertig!

13

Som kallar den för feg, hvars bistra blick
Dig mången gång skrämt hjertat utur bröstet.
Cliff. Jag vill ej vexla ord mot ord med dig,
Men hugg mot hugg, två gånger två mot ett.   *(1*
Marg. Håll, tappre Clifford! Ty af tusen skäl
Jag än en stund hans lif förlänga vill: —
Nej, han är döf af harm; Northumberland,
Tilltala honom, du.
North.   För mycken ära
Du honom gör, lord Clifford, om ditt finger
Du rispar, fast hans bröst du genombårar.
Hvad mandom är det väl att sticka handen
Emellan tänderna på ilsken hund,
Då man kan sparka honom bort med foten?
I krig man bör hvarenda fördel nyttja,
Och tio emot en ej skämmer modet.
                    (De lägga hand på YORK, *som stretar* (
Cliff. Ja, ja, så stretar vipan i en snara.
North. Så spjernar en kanin i nätet fången.
                                        (YORK *blir gr*
York. Så triumfera tjufvar med sitt byte;
Så viker ärlig man för röfvarmakt.
North. Hvad vill ers nåd att vi med honom gör
Marg. J hjeltar, Clifford och Northumberland,
Kom, ställen honom här på denna tufva,
Han som med utsträckt arm grep efter berg,
Men delade blott skuggan med sin hand. —
Det var ju du som ville blifva konung?
Och du som bråkade i parlamentet
Och höll predikan om din höga börd?
Hvar har du nu till hjelp ditt koppel söner?
Den lystna Edvard och den muntra Georg?
Och hvar den lilla tappra puckelryggen,
Din pojke Dick, som med sin hesa stämma
Till myteri sin pappa muntrade?
Och hvar din älskling Rutland och de andra?
Se, dénna duk jag doppat i det blod,

Som tappre Clifford med sin skarpa värjspets
Ur gossens hjertekamrar tappade.
Och om ditt öga för hans död kan vattnas,
Så har du här att torka kinden med.
Ack, stackars York! om dödligt hat det kunde,
Jag skulle nu begråta ditt elände.
Gräm dig, jag ber, och gör mig munter, York.
Hvad, har din eldsjäl så ditt hjerta torkat, *
Att ej du har en tår för Rutlands död?
Så tålig, karl? Du borde ju bli galen;
Jag hånar dig, att du må galen bli.
Skär tänder, tjut, att jag må le och dansa.
Dock, du vill ha betaldt för dina konster.
York talar ej med mindre han blir krönt. —
En krona hit! — Mylords, gör reverens. —
Håll honom fast, jag skall den sätta på. —
          (Sätter en papperskrona på hans hufvud).
Se så, nu ser du riktigt kunglig ut!
Ja, det var han, som tog kung Henriks thron,
Och han, som blef till Henriks arfving utnämnd. —
Men huru är det fatt, att hertig York
Blir krönt så snart och bröt sin dyra ed?
Mig tycks han borde icke blifvit kung,
Förr'n konung Henrik handslag gett åt döden.
Vill du i Henriks glans ditt hufvud sticka
Och råna diademet från hans tinning
Till trots för helig ed, förr'n han är död?
O, sådan synd, den är ju oförlåtlig!
Nej, kronan af med nacken, der den sitter;
Förr'n han är död, jag icke andas gitter.
    Cliff. Min faders död mig bjuder honom döda.
    Marg. Nej, vänta; låt oss höra hur han beder.
    York. Du Franklands varg-tik, värre än dess vargar,
Din tunga giftig är som etterormen.
Hur illa passar icke det ditt kön
Att som en amazonisk sköka hånle
Åt deras qval, som lyckan fängslat har?

V. 2   17

Om ej ditt anlet oföränderligt
Som larfven vore samt af fräckhet härdadt,
Så skulle jag försöka, stolta drottning,
Att komma dig att rodna; om jag sade
Hvar du kommit från och hvem dig aflat,
Du skulle skämmas, vore du ej skamlös.
Din fader kallas konung af Neapel,
Sicilierna ocH Jerusalem,
Men är så rik ej som en engelsk bonde.
Har sådan usel kung dig lärt att trotsa?
Det hjelper ej, du stolta fru, med mindre
Än att ett gammalt ordspråk skall besannas:
"När tiggaren får ost, så vill han steka'n." —
Det fägring är som gör en qvinna stolt,
Men himlen vet att du är lagom fager:
Det dygden är som henne gör beundrad,
Men åt din odygd man förundrar sig:
Det saktmod är som henne gör gudomlig,
Men brist derpå dig afskyvärd har gjort:
Så motsatt är du mot allt godt och skönt,
Som våra antipoder emot oss,
Som södra polen mot den norra polen.
O tigerhjerta, gömdt i qvinnoskinn,
Hur kan du tappa blod från barn och bedja
Dess fader torka ögonen dermed
Och dock se ut i synen som en qvinna?
En qvinna mild och god och ömsint är,
Men du förstockad, flinthård, känslolös.
Du bad mig rasa? Ja, din bön är hörd?
Du böd mig gråta? Ja, ditt bud är åtlydt,
Ty rasvill stormvind blåser skurar opp
Och, när den lagt sig, börjar det att regna.
Min Rutlands likfärd äro dessa tårar,
Och hvarje droppa ropar hämd mot er,
Blodlystna Clifford, — nedriga Fransyska!

North. Hans lidanden mig röra så, att knapj
Jag kan från tårar mina ögon värja.

York. Hans anlet skulle svultna kannibaler
Ej hafva rört, ej fläckat ned med blod.
Men hårdare och grymmare J ären, —
Ja sjufallt mer — än en hyrkanisk tiger.
Se här en olycksalig faders tårar,
Hjertlösa drottning! Du en duk har doppat
Uti min snälla gosses hjerteblod,
Och jag med tårar torkar blodet bort.
Behåll den duken sjelf och skryt med den;

           (Han ger henne näsduken tillbaka).

Och om du detta sorgspel rätt förtäljer,
Vid Gud, det skall ej utan tårar höras;
Min värsta fiende skall gråta stridt
Och säga: — ack, det var ohyggligt gjordt! —
Tag kronan och förbannad var med den,
Och njute i din nöd du samma tröst,
Som nu jag skördar af din grymma hand. —
Du vilde Clifford, tag mig nu ur verlden;
Till Gud min själ, mitt blod på edra hufvu'n!
  North. Om ock han hade slagtat all min slägt,
Jag måste dock, vid Gud, med honom gråta,
Då så jag ser hur sorg hans hjerta fräter.
  Marg. Hvad, helt gråtfärdig, lord Northumberland?
Glöm ej den orätt han har gjort oss alla,
Så skola tårarna väl torka bort.
  Cliff. Här för min ed, här för min faders död.

                 (Sticker honom).

  Marg. Och detta för vår milda konungs rätt.

                 (Sticker honom).

  York. Låt upp din nådes port, du milde Gud!
Min själ ur såren flyger dig till mötes.

                     (Dör).

  Marg. Hans hufvud af, och sätt det på hans stadsport,
Att York må öfverskåda staden York.

                     (De gå).

ANDRA AKTEN. FÖRSTA SCENEN.

En slätt vid Mortimers-kors i Herefordshire.

(Trummor. EDVARD och RICHARD *komma marscherande
med sina troppar).*

Edv. Jag undrar hur vår far har kommit undan,
Ja, om han kommit undan eller ej,
Förföljd af Clifford och Northumberland.
Om han var fången, borde vi det hört,
Om han var fallen, borde vi det hört,
Om han gått fri, så borde vi ha hört
Det glada budskapet om hans säkra räddning.
Hur är det broder? Hvarför så bedröfvad?
Rich. Jag är ej lugn, förrän jag hört med visshet
Hvarthän vår tappre fader tagit vägen.
Jag honom såg i striden tumla om
Och märkte hur han sökte efter Clifford;
Han rusade i värsta trängseln in
Liksom ett lejon bland en flock af oxar
Och likt en björn som, ringad tätt af hundar,
Har knipit några så att gällt de skrika,
Men resten står och skäller fjerran från.
Så handskades vår far med fienden,
Så flydde fienden vår tappra far;
Hans son att vara, tycks mig ära nog. —
Se, morgonen de gyldne portar öppnar
Och tager afsked af den stolta solen!
Ack, hur den träder fram i ungdomsblomma,
Så ståtlig som en brudgum till sin brud.
Edv. Hvad ser jag? Trenne solar der på himlen!
Rich. Tre klara solar, en och hvar en hel;
Ej sönderskurna utaf lätta strömoln,
Men hvar för sig de stå på ljusblå himmel.
Se, se! de nalkas, kyssas, smälta hop,
Som om hvarann de svuro helig tro,
Och äro blott ett sken, ett ljus, en sol.
Med detta förebådar himlen något.

20

Edv. Högst underbart! man aldrig sport desslikes.
Jag tror det manar oss i fält, min broder,
Der vi, tre söner af Plantagenet,
Som redan hvar för sig af bragder skina,
Förena skola våra ljus och flamma
På jorden här, som solen öfver verlden.
Hvadhelst det bådar, framgent vill jag bära
På skölden tre solgudar målade.
  Rich. Gudinnor menar du; — ty med förlof,
Du tycker mer om hona än om hanne.

                 (En budbärare kommer).

Men hvem är du, hvars dystra blick förkunnar,
Att korgens budskap sväfvar på din tunga?
  Budb. Ack, en som har med jemmer sett uppå
Hur ädle hertigen af York blef dräpt,
Er ädla fader och min kära herre.
  Edv. O, säg ej mer; jag redan hört för mycket!
  Rich. Säg hur han dog, ty jag vill höra allt.
  Budb. Af många fiender han omhvärfd var
Och slogs mot dem som Hektor, Trojas hopp,
Mot Grekerna, som ville storma Troja.
Men sjelfva Herkules kan öfvermannas,
Och många hugg, om ock med liten yxa,
Den gröfsta jernek hugga ned och fälla.
Af många händer blef er far betvingad,
Men mördad blef han med förgrymmad arm
Af vilde Clifford och af drottningen,
Som under hånskatt krönte hertigen
På spott och spe; och, då af sorg han gret,
Den grymma qvinnan honom gaf en näsduk
Att torka kinden med; den doppad var
I unga Rutlands blod af Clifford dräpt.
Sist efter mycket hån och spe de togo
Hans hufvud af och satte det på porten
Till staden York; der sitter det ännu,
Den sorgligaste syn jag nånsin skådat.

Edv. Ack, dyra York, som var vårt stöd och staf
Då du är borta, är det ute med oss.
O, Clifford, vilde Clifford, du har dräpt
Ibland Europas ridderskap dess blomma;
Du har med svek och list besegrat honom,
Ty man mot man han hade dig besegrat! —
Nu har min själs palats ett fängsel blifvit;
Ack, bryt dig ut, min själ, på det min kropp
Må bli till ro i jorden inesluten!
Ty aldrig mer jag någon fröjd skall njuta,
Nej aldrig, aldrig mera skåda fröjd.

Rich. Nej, — ingen gråt! all saften i min kropp
Ej släcker denna masugn i mitt hjerta.
Ej kan min tunga lätta barmens börda,
Ty samma andedrägt som skulle tala
På kolen blåser, som mitt hjerta glödga
Till flammor upp, som tårar skulle släcka.
Att gråta är att minska sorgens djup;
Nej, barn må gråta; hämd och svärd för mig! —
Richard, jag bär ditt namn, din död jag hämnas,
Om ej, jag dör med ära på försöket.

Edv. Sitt namn den tappra hertigen dig lemnat,
Hans stol och hertigdöme tillhör mig.

Rich. Nej, om du denna kungs-örns unge är,
Så bör du kunna skåda sol'n i synen.
Ej hertigdöme säg, men thron och rike,
Ty vinner du ej dem, är du ej hans.

(*En marsch.* WARWICK *och* MONTAGUE *uppträda me*
troppar).

Warw. Nå väl, mylords; hur står det till? hvad n
Rich. Om, store Warwick, vi förtälja skulle
Vår sorgetidning och vid hvarje ord
Med dolkstyng sarga oss tills allt var sagdt,
Så skulle orden pina mer än dolken.
Ack, tappre Warwick, hertig York är dräpt.
Edv. O Warwick, Warwick! den Plantagenet,

Som höll dig kär, kär som sin egen själ,
Har blifvit mördad af den dystra Clifford.
Warw. För tio dagar sedan dränkte jag
I tårar denna nyhet; nu jag kommer
Att ännu mera ondt som händt förtälja.
Strax efter slagtningen som stod vid Wakefield,
Der tappre York sitt sista andtag drog,
Kom bud till mig, så fort som bud kan ila,
Om edert nederlag och Richards död.
I London då, som kungens väktare,
Jag mönstring höll, drog mina vänner samman
Och ryckte väl utrustad, som jag trodde,
Emot sanct-Albans drottningen att hejda
Och förde kungen med mig öfverallt,
Ty mina spejare mig hade sagt,
Att hennes fulla afsigt var att störta
Vårt sista parlamentsbeslut, som rörde
Kung Henriks ed och Yorkska husets arfsrätt.
I korthet sagdt, — vi möttes vid sanct-Albans
Och stridde manligen å båda sidor;
Men antingen det nu var kungens köld
Som kylde mina krigsmäns heta mod,
Enär han såg så mildt på krigisk drottning,
Hvad, eller ryktet om Margrethas seger
Och mer än vanlig skräck för Cliffords stränghet,
Som dundrade om fångars blod och mord,
Det vet jag ej, men sanningen är den,
Att deras klingor flögo kring som blixtrar,
Men våra släpade som ugglan vingen
Och föllo som den lata tröskarns slaga
Så sakta ned, som fölle de på vänner.
Jag muntrade dem upp med rättvis sak,
Med högre sold och löften om belöning;
Men fåfängt: de till strid ej hade hjerta,
Och vi med dem ej något hopp om seger.
Vi flydde: kungen gick till drottningen.
Er bror lord Georg, Norfolk och jag sjelf

I största hast nu gett oss af till er,
Enär vi sport, att här i dessa trakter
Ni samlat folk att börja strid ånyo.
Edv. Hvar är då hertig Norfolk, bästa Warwick?
Och när kom Georg från Burgund till England?
Warw. Sex mil härfrån står Norfolk med sin krigshär
Er bror blef skickad nyss utaf er tant,
Den ädla hertiginnan af Burgund,
Med folk till hjelp i detta nödens krig.
Rich. För öfvermakt visst tappre Warwick flydde;
Jag ofta sport hur djerft han har förföljt,
Men aldrig förr än nu att fegt han flytt.
Warw. Ej heller spörjer du min feghet nu;
Ty vet, att denna starka hand kan rycka
Från svaga Henriks hufvud diademet
Och vrida maktens spira ur hans hand,
Om ock han vore lika båld och stridsdjerf,
Som han för mildhet, frid och bön är känd.
Rich. Det vet jag nog, lord Warwick; bannas ej,
Nitälskan för din ära böd mig tala.
Dock, uti denna nöd hvad är att göra?
Månn' kasta våra pansarskjortor af
Och svepa oss i sorgens svarta rockar
Och räkna paternoster på vårt radband?
Hvad, eller skola vi på oväns hjelm
Med hämdens starka arm vår andakt öfva?
Säg ja, om det ni vill, och flux till verket!
Warw. Ja, derför just har Warwick sökt er upp,
Och derför kom min broder Montague.
Gif akt, mylords! Den fräcka drottningen
Och Clifford och Northumberland, den stolte,
Och andra gökar utaf samma kull
Ha smält den svaga konungen som vax.
Han edligt gaf sitt bifall till er arfsrätt,
Hans ed upptecknad är i parlamentet;
Och nu till London hela skaran gått
Att eden göra kraftlös och förinta

24

Hvad annars huset Lancaster kan skada.
Jag tror de hafva trettitusen man;
Om nu lord Norfolks manskap och mitt eget
Samt alla vänner, grefve March, som du
Kan samla hop uti det trogna Walcs,
Kan stiga blott till fem och tjugo tusen,
Så marsch! Vi draga samtligen till London
Och stiga än en gång på skummig fåle
Och ropa än en gång: hugg in, hugg in!
Men vända aldrig mera om och fly.
Rich. Ja, nu jag hör den store Warwick tala:
Må solen aldrig skina mer på den
Som ropar: "fly!" när Warwick säger: "stå!"
Edv. Lord Warwick, på din skuldra jag mig stöder,
Och sjunker du, — bevare himlen dig! —
Så faller Edvard ock, det Gud förbjude!
Warw. Ej längre grefve March, nej, hertig York;
Ditt nästa steg är Englands kungathron.
Till Englands konung skall du ropas ut
I hvarje by, der vi marschera fram;
Och den som ej af fröjd sin mössa svingar
Skall mista hufvudet för sådant oskick.
Kung Edvard! tappre Richard! Montague!
Vi längre ej om hjelterykte drömme!
Appell, trumpeter! gripom verket an!
Rich. Nu, Clifford, vore ock ditt hjerta stål, —
Så visst som dina dåd det stenhårdt visadt, —
Jag skall det klyfva eller ge dig mitt.
Edv. Låt trumman slå allarm; — Gud och sanct Georg!

(*En budbärare kommer*).

Warw. Hvad nu? hvad nytt?
Budb. Mig hertig Norfolk sändt att säga er,
Att drottningen med väldig härsmakt nalkas;
Han ber er komma för att rådslå genast.
Warw. Det går ju bra, J krigsmän: låt oss ila.
(*De gå*).

ANDRA SCENEN.

Utanföre staden York.

(Konung HENRIK, *drottning* MARGARETHA, *prinsen af* WALES, CLIFFORD *och* NORTHUMBERLAND *uppträda med troppar).*

Marg. Välkommen till den goda staden York!
Der ser ni hufvudet af dödsfienden,
Som ville med er krona pryda sig.
Säg, fröjdar icke denna syn ert hjerta?
    K. Henr. Som klippan fröjdar dem som frukta skepps-
        brott. —
Det skär mig i min själ att skåda detta. —
Ack hämnas ej, o Gud! oskyldig är jag
Och har mig veterligt min ed ej brutit.
    Cliff. Min konung, denna allt för stora godhet
Och olycks-mildhet bör ni lägga af.
Hvem blickar lejonet med mildhet på?
Ej på det djur, som vill dess kula röfva.
Hvems händer slickar skogarnas björninna?
Ej dens, som hennes ungar plåga gör.
Hvem undgår etterormens lömska dödsbett?
Ej den, som sätter foten på dess rygg.
Den stolte York din krona ville gripa,
Du log då han sin bistra panna rynkte.
Han, blott en hertig, ville fadershuld
Sin son till konung göra och sin ätt
Högt lyfta upp; men du, som konung är
Och med en sådan hoppfull son välsignad,
Ditt bifall gaf att göra honom arflös,
En sak som ej om faderskärlek vittnar.
Se, sjelfva djuren mata sina ungar,
Och fast dem menskans åsyn är en skräck,
Så ser man dock, när deras små det gäller,
Hur de med samma vingars par, som stundom
De brukat för att fly, den man bekriga
Som klifvit uti deras näste opp

26

Samt offra egna lif till ynglets värn.
J blygs, min kung, och lärdom tag af dem!
Det vore hårdt, om denna snälla gosse
Sin arfsrätt miste för sin faders skull
Och sade i en framtid till sin son:
Det som min farfar och min farfarsfar
Förvärfvat gaf min fader dårligt bort."
Ack, huru skamligt! Se på denna gosse
Och låt hans käcka blick, som lofvar honom
Fortunas gunst, ditt veka hjerta härda
Det arf att skydda, som är ditt och hans.
    K. Henr. Sin talarkonst har Clifford fyllest visat,
Och starka skäl han åberopat har;
Men säg mig, Clifford, har du aldrig hört,
Att orättfärdigt gods ej trefnad har?
Och var det alltid lyckligt för en son,
Att fadren snålat sig åt helvete?
Jag ger hvad godt jag gjort min son i arf,
Och ville att min far ej mer mig gifvit!
Ty allt det andra står mig dyrt och gör
Mig tusen sinom tusende bekymmer,
Men ej ett jota fröjd vid dess besittning.
Ack, frände York, att dina vänner visste
Hur det mig grämer der att se ditt hufvud!
    Marg. Min kung, var munter; fienden är nära,
Och detta klenmod edert folk försvagar.
Ni lofvat slå vår son till riddare;
Drag svärdet ut och dubba honom genast. —
Edvard, böj knä.
    K. Henr. Edvard af Wales, var riddarslaget värd,
Och endast för det rätta drag ditt svärd.
    Pr. Min höge fader, med ers nådes tillstånd,
Jag vill som thronens arfving draga det
Och i den kampen nyttja det till döden.
    Cliff. Se, det är taladt, som en prins det höfves.
        (En budbärare kommer).
    Budb. J konungsliga krigsmän, varen redo!

Ty med en här af trettitusen man
Af Yorks parti lord Warwick kommer nu
Och ropar ut i hvarje stad till konung
Den unga York, och många följa honom.
Ställ upp er här till slag, de komma genast. •
Cliff. Behagar ej ers höghet lemna fältet,
Ty hennes majestät har bättre lycka
Då ni är borta.
Marg.   Ja, min gode konung,
Och lemna ni oss andra åt vårt öde.
K. Henr. Ert öde är ju mitt; jag stannar qvar.
North. Men stanna då med fast beslut att fäkta.
Pr. Uppmuntra dessa ädla lorder, fader,
Och alla dem som strida för er sak,
Drag svärdet ut och ropa ert "sanct Georg!"
(En marsch. EDVARD, GEORG, RICHARD, WARWICK, NOR-
FOLK *och* MONTAGUE *uppträda med soldater).*
Edv. Nå, falska Henrik, vill du tigga nåd
Och sätta på mitt hufvud diademet,
Hvad, eller slåss på lif och död på fältet?
Marg. Smck-ungar må du trotsa, fräcka pojke,
Men ej det höfves dig så djerft att tala
Inför din kung och laga öfverhet.
Edv. Jag är hans kung; han borde böja knä;
Jag med hans bifall blef till arfving korad.
Han bröt sin ed; ty, som jag hört, har ni,
Som konung är fast Henrik kronan bär,
I annat parlament uppretat honom
Att vräka mig och sätta in sin son.
Cliff. Och allt med rätta;
Hvem skall väl ärfva fadren, om ej sonen?
Rich. Ha, är du der, du slagtare? — Jag qväfs!
Cliff. Ja, krokrygg, här jag står till trots för dig
Och hvem som helst utaf dit hela följe.
Rich. Det var ju du, som drap den unga Rutland?
Cliff. Och gamla York, — och är ej mätt ännu.
Rich. För Guds skull, lorder, ge signal till striden.

Warw. Nå, Henrik, vill du lemna från dig kronan?
Marg. Hvad, sturska Warwick, djerfs du tala här?
Då du och jag sist möttes vid sanct-Albans,
Så let du mer på benen än på armen.
Warw. Min tur det var att fly, nu är det din.
Cliff. Så skröt du en gång förr och flydde dock.
Warw. Det var ej Cliffords kraft, som dref mig bort.
North. Ej heller Warwicks mod, som böd dig stanna.
Rich. Northumberland, jag håller dig i ära. —
Bryt detta samtal af; jag knappt kan tygla
Mitt starkt uppsvällda hjertas kraf på hämd
På Clifford der, den grymma barnamördarn.
Cliff. Jag slog ihjel din far; var han ett barn?
Rich. Ja, som en lömsk och feg förrädare
Du honom drap så väl som unga Rutland;
Förr'n sol går ned, du skall din bragd förbanna.
K. Henr. Mylords, håll upp att tala, hör på mig.
Marg. Om ej du trotsar dem, så håll din mun.
K. Henr. Jag ber dig, sätt ej gränsor för min tunga,
Ty jag är konung och har rätt att tala.
Cliff. Min kung, det sår, som detta möte vållat,
Ej läkas kan med ord, tig derför still.
Rich. Så drag ditt svärd, du bödel, ty vid honom
Som har oss skapat svär jag på
Att Cliffords mandom ligger på hans tunga.
Edw. Säg, Henrik, vill du gifva mig min rätt?
Ettusen män, som frukost fått i dag,
Ej skola nånsin spisa middag mer,
Så vida du ej lemnar mig din krona.
Warw. Men nekar du, så kommer deras blod
Uppå ditt hufvud; York för rätten strider.
Pr. Om det är rätt, som Warwick kallar rätt,
Så fins ej orätt till, men allt är rätt.
Rich. Hvem helst dig aflat, — hon din Moder är,
Och hennes tunga har du ärft, minsann.
Marg. Du liknar hvarken fader eller moder,
Men snarare en otäck, brännmärkt krympling,

29

Hvars hofskägg röko af hans varma blod,
Den ädle riddersmannen upp sin anda.
Warw. Må jorden af vårt blod då blifva drucken!
Min häst jag dräper, ty jag vill ej fly.
Hvi stå vi nu som svaga qvinnor här
Och jemra oss, när fienden så rasar,
Och se derpå som på ett sorgespel,
Som diktadt blef och speladt blott för roskull?
Här svärjer jag på knä vid Gud i himlen
Att aldrig hvila, aldrig stilla stå,
Förr'n döden slutit mina ögon eller
Af lyckan hämd i rågadt mått jag vunnit.   •
Edv. O Warwick, här mitt knä med ditt jag böjer
Och kedjar mig vid dig med samma löfte. —
Och förr'n från jordens kalla anlete
Mitt knä jag lyfter, lyfter jag mitt öga
Och mina händer och mitt hjerta upp
Till dig, som kungar höjer upp och störtar!
Med bön att du, om så din vilja är,
Att denna kropp af fienden skall sköflas,
Må öppna dock din himmels kopparportar
Och släppa in min syndafulla själ! —
Nu, lorder, tagen afsked tills vi mötas,
Hvarhelst det vara må; jord eller himmel.
Rich. Min bror, gif mig din hand, — och, kära Warwick,
Låt mina trötta armar famna dig: —
Jag aldrig tårar fällt, men nu de rinna,
Då så jag vintren ser på våren vinna.
Warw. Bort, bort! Ännu en gång farväl, mylords!
Georg. Dock, låt oss alla gå till våra troppar
Och låta den få fly som ej vill stanna,
Och kalla den för pelare som bidar,
Samt, om vi lyckas, lofva dem en lön,
Så herrlig som olympisk segerkrans;
Det torde gjuta mod i qvalda bröst,
Ty ännu kan man lif och seger hoppas. —
Ej dröjsmål längre; fram, med allan makt.   *(De gå).*

FJERDE SCENEN.

En annan del af slagfältet.

(Anfall. RICHARD *och* CLIFFORD *uppträda).*

Rich. Nu, Clifford, har jag ändtligen fått dig fatt;
Se, denna armen är för hertig York,
För Rutland denna, båda kräfva hämd,
Om ock med kopparmur du dig förskansat.
Cliff. Nu, Richard, är jag här med dig allena;
Se här den hand, som drap din fader York,
Och här den hand, som slog din broder Rutland,
Och här det bröst, som njöt af deras död
Och manar båda dessa mina händer,
• Som dråpo både far och bror för dig,
Att öfva samma gerning på dig sjelf;
Håll åt dig!

(De fäkta. WARWICK *kommer;* CLIFFORD *flyr).*

Rich. Nej, Warwick, sök dig ut ett annat vildt,
Ty sjelf jag denna varg till döds vill jaga. *(De gå).*

FEMTE SCENEN.

En annan del af slagfältet.

(Tumult. Konung HENRIK *uppträder).*

K. Henr. Ja, denna drabbning liknar morgons gryning,
Då lifligt ljus med matta skuggor krigar
Och herden, blåsande i valna fingrar,
Ej vet om dag, om natt det ännu är.
Än hitåt svigtar den som mäktig sjö,
Af floden tvingad till att trotsa vinden,
Än ditåt svigtar den som samma sjö,
Af vindens raseri på flykten drifven,
Och stundom segrar floden, stundom vinden,
Nu har den ene, nu den andre styrkan;

V. 3   33

Om segren slitas båda bröst mot bröst,
Men ingen vinner, ingen öfvervinnes:
Så står den grymma drabbningen och väger.
På denna tufva vill jag sätta mig.
Må Gud beskära segren hvem han vill!
Ty Margaretha, min gemål, och Clifford
Mig körde bort ur slaget; båda svuro,
Att bäst de lyckades då jag var borta.
Ack, att jag vore död, om Gud så ville!
Ty denna verld är idel sorg och qval.
O Gud, mig tycks, det vore lyckligt lif
Att vara blott en simpel fåraherde
Och sitta på en hög, som̄ nu jag gör,
Och skära sol-ur ut, med prick vid prick,
Som visa hur minuterna de ila,
Hur många på en timma sig belöpa,
Hur många timmar föra dagen kring,
Hur många dagar göra slut på året,
Hur många år en menniska kan lefva.
Och när jag detta vet, jag delar tiden:
Så många timmar skall jag vakta hjorden;
Så många timmar skall jag njuta hvila;
Så många timmar skall jag öfva andakt;
Så många timmar skall jag roa mig;
Så många dagar fåren gått med foster;
Så många veckor tills de kräken lamma;
Så många år tills kidens ull jag klipper.
Minuter, timmar, dagar, veckor, år,
Använda väl och riktigt, skola så
Till stilla graf den hvita hjessan föra.
Ack, hvilket lif, hur ljufligt och hur sällt!
O, ger ej hagtorn ljufligare skugga
Åt herden som de fromma lamm betraktar,
Än baldakinen, stickad rikt med guld,
Åt kung som fruktar högförräderi?
Ack jo, det gör den, tusen, tusen gånger!
Och är ej fåraherdens svaga vassla,

Hans tunna svala dryck ur läderflaskan,
Hans middagssömn inunder trädets skugga,
Det allt han njuter uti lugn och ro,
Långt öfver furstens alla njutningar,
Hans läckra rätter gnistrande på guld,
Hans hvila på en konstrikt bäddad säng,
Der sorg, bekymmer, svek på honom lura.
(*Tumult. En son som har dräpt sin far kommer in, slä-
pande den döda kroppen med sig*).
　Son. Den vind, som vinst ej bringar, blåser illa. —
Nyss denna man i handgemäng jag drap;
Han säkert några kronor har i fickan.
Och jag, som tager dem från honom nu,
Kan innan qvällen dock mitt lif och dem
Få ge åt annan man, som han åt mig.
Hvem är det; — Gud! det är min faders anlet,
Den jag i misshugg dödat har i striden.
Du onda tid, som aflar slika bragder!
Från London blef jag tvingad hit af kungen;
Min far, som var vasall åt grefve Warwick,
Af honom tvingad blef till Yorks parti.
Och jag, som fick mitt lif utaf hans hand,
Har burit hand uppå min faders lif. —
Förlåt mig, Gud! min gerning ej jag kände.
Förlåt mig, fader! ej jag kände dig.
Min gråt skall tvätta dina blodsår rena;
Nu ej ett ord, förr'n jag har gråtit ut.
　K. Henr. O jemmersyn! O, blodbestänkta tid!
Då lejon föra krig om sina kulor,
Få stackars lamm för deras ilska pligta. —
Gråt, arme man! Jag tår för tår dig hjelper;
Och måtte våra ögon och vårt hjerta,
Som vore de i inhemsk tvedrägt stadda,
Af tårar bländas och af smärta brista.
(*En far som har dräpt sin son kommer in, bärande den
döda kroppen i sina armar*).
　Fadr. Du som försvarat dig mot mig så dugtigt,

3*　　　　　　　　　　　　　　　　　　　　　　35

Ditt guld mig gif, om något guld du har,
Ty jag med hundra svärdshugg det har köpt. —
Dock, låt mig se: — är det min oväns anlet?
Ack nej, nej, nej, det är min enda son! —
Ack, barn, om än du något lif har qvar,
Slå ögat upp och se hvad strida skurar,
Af stormen i mitt hjerta väckta, strömma
På sår, som ge min blick och hjerta döden!
Gif nåd, o Gud, i denna jemrens tid! —
Ack, hvilka grymma vilda slagtarbragder
Förblindadt onaturliga, förryckta   .
Har denna dödsfejd dagligdags ej aflat!
Din far, mitt barn, för tidigt gaf dig lifvet
Och har beröfvat dig ditt lif för sent!
  K. Henr. Ve öfver ve! — Ack, oerhörda qval!
O, att min död fick denna fasa hejda! —
Barmhertighet, o Gud, barmhertighet!
Hans panna hvita rosen bär och röda,
De båda kungahusens olycksfärger;
Hans purpurblod den ena liknar just,
Hans bleka kind är bilden af den andra.
Den ena vissne, må den andra blomstra!
Ty kämpa de, så vissna tusen lif.
  Son. Ack, hur min moder för min faders död
Mig banna skall och aldrig tröstad blifva!
  Fadr. Ack, hur min moder för min gosses mord
I gråt skall dränkas, aldrig tröstad blifva!
  K. Henr. Ack, hur mitt folk för dessa dåd skall harp
Uppå sin kung och aldrig tröstadt blifva!
  Son. Har nånsin son så sörjt en faders död?
  Fadr. Har nånsin far begråtit så en son?
  K. Henr. Har nånsin kung sitt folk beklagat så?
Er sorg är stor, min tio gånger större.
  Son. Jag bär dig bort, att jag må gråta ut.
                          (Går med lik
  Fadr. Din svepning dessa armar skola blifva!
Mitt hjerta, kära barn, skall bli din graf,

3

Ty aldrig skall din bild mitt hjerta lemna.
Dödsklockan i mitt bröst för dig skall sucka,
Och så din fader skall din likfärd fira,
Mer sörjande vid enda sonens död
Än Priamus vid alla sina söners.
Jag bär dig bort; nu fäkte den som vill;
Der ej jag borde har jag huggit till.   (*Går med liket*).
    K. Henr. J sorgsne män, som höjen klagoskri,
Här är en kung som sörjer mer än ni.
    (*Tumult. Anfall. Drottning* MARGARETHA, *prinsen af*
    WALES *och* EXETER *uppträda*).

    Pr. Fly, fader! Alla våra vänner flytt,
Och Warwick rasar som en hetsad tjur;
Bort! Döden följer oss i hälarna.
    Marg. Till häst, min konung! Genast af till Berwick!
Edvard och Richard, liksom stöfvare
Som drifvit upp en stackars flyktig hare,
Med bistra ögon, gnistrande af ilska,
Och blodigt stål i knutna näfvar kramadt,
Förfölja oss; på ögonblicket bort!
    Exet. Ja, bort! ty hämden är i deras följe.
Nej, inga frågor; ila genast eller
Kom efter mig, så vill jag visa vägen.
    K. Henr. Nej, tag mig med dig, gode Exeter;
Jag fruktar ej att dröja, men jag önskar
Att följa drottningen. Nu framåt; bort!   (*De gå*).

SJETTE SCENEN.

    (*Högljudt tumult.* CLIFFORD *kommer, sårad*).

    Cliff. Här brinner ut och dör min lefnads ljus,
Som, då det ännu brann, kung Henrik lyste.
0, Lancaster! Ditt nederlag jag fruktar
Mer än min själs skilsmessa från min kropp.
Med kärlek eller skräck jag många vänner
Fastlimmade vid dig; men när jag faller,

Så smälter denna sega kittning ned
Och mattar dig, men styrker stolta York.
Likt sommarflugor svärma menigheter,
Och hvart, om ej mot solen, flyga myggen?
Och hvilken skiner nu, om ej din ovän?
O Phoebus, om du icke hade låtit
Ditt eldspann tyglas utaf Phaëton,
Så hade ej din strålvagn jorden svedt;
Och, Henrik, om du herrskat som en kung,
Så som din far och som din farfar gjorde,
Och aldrig lemnat huset York en fotbredd,
Så hade de ej svärmat nu som flugor;
Och jag och många tusen här i landet
Ej hade lemnat enkor qvar i sorg,
Och sjelf du sutit på din thron i lugn.
Men ogräs växer bäst vid ljumma vindar,
Och efterlåtenhet gör röfvarn fräck, —
Min klagan fåfäng är, mitt sår obotligt;
Ej väg till flykt, ej heller kraft att fly;
Min fiende är hård och skoningslös,
Ty jag af honom ej förtjenat skoning.
I mina djupa sår har luften trängt,
Och mycken blodförlust har gjort mig matt; —
York, Richard, Warwick, hören Cliffords röst:
Jag edra fäder drap; här är mitt bröst.   (*Han svimn*

(*Tumult och återtåg.* EDVARD, GEORG, RICHARD, MO:
GUE *och* WARWICK *uppträda med soldater*).

Edv. Drag andan, lorder; medgång bjuder hejd
Och glattar vänligt krigets rynkta panna. —
En tropp förföljer blodigt sinnad drottning
Som förde Henrik, fast han konung var,
Liksom ett segel fyldt med häftig stormvind
Galejan tvingar att mot strömmen gå.
Men tror ni ock, att Clifford flytt med dem?
Warw. Han har omöjligt kunnat komma undan,
Ty — midt i synen kan jag säga det —

Er broder Richard honom märkt för grafven,
Och hvarsomhelst han är, så är han död.
                    (CLIFFORD *suckar djupt och dör*).
Edv. Hvems själ är d e t som tar sitt tunga afsked?
Rich. En dödssuck djup, som skildes kropp och själ.
Edv. Hvem är det? Nu, då slagtningen är slutad,
Vän eller ovän, skonsamt han behandles.
Rich. Din nåd du återkalle; det är Clifford
Som ej tillfreds att hafva stympat grenen,
Den unga Rutland, då han nyss fått löf,
Sin mördarknif till sjelfva roten satte,
Der denna späda qvist så ljuft slog ut,
Jag menar hertigen af York, vår far.
Warw. Tag ned hans hufvud från den Yorkska porten,
Er faders hufvud ditsatt utaf Clifford,
Och sätt i stället Cliffords hufvud dit,
Ty lika bör med lika vedergällas.
Edv. Bär fram det Yorkska husets likfärds-uggla,
Som sjöng om idel död för oss och våra.
Nu döden skall hans olycksstrupe täppa,
Och ej hans hemska tunga tala mer.
                    (Några af sviten släpa fram liket).
Warw. Jag tror, att han förlorat sansningen; —
Säg, Clifford, hör du hvem dig talar till? —
Lifsgnistan är i dödens skyar qväfd,
Han ser oss ej och hör ej hvad vi säga.
Rich. O, att han gjorde det! — Kanhända gör han;
Han låtsar bara så, det der är list;
Han vill de bittra smädeorden slippa,
Som han vår fader i hans dödsstund gaf.
Georg. Om d e t du tror, så späda honom bittert.
Rich. Hör, Clifford, bed om nåd, men få ej nåd.
Edv. Hör, Clifford, ångra dig med fruktlös ånger.
Warw. Tänk ut en ursäkt för din synd, lord Clifford.
Georg. Vi skola tänka marter ut för den.
Rich. Du York höll kär, och jag är son af York.
Edv. Du skonte Rutland; så jag skonar dig.

Georg. Hvar är ditt skyddsvärn nu, kapten Margretha?
Warw. De håna dig, lord Clifford; svärj som vanligt.
Rich. Hvad, ingen ed? förtvifladt hårdt, att Clifford
Ej någon ed har qvar åt sina vänner!
Nu ser jag han är död; och, vid min själ,
Om denna högra handen kunde köpa
Åt honom endast tvenne timmars lif,
På hvilka jag fick drifva gäck med honom,
Så högge jag den af med denna venstra
Och qväfde med dess blod den grymma skurk,
Hvars blodtörst ej af Yorks och Rutlands läskats.
Warw. Men han är död: slå af den skurkens hufvud,
Och sätt det der din faders hufvud sitter. —
Nu draga vi till London i triumf,
Der du till Englands konung krönas skall.
Jag seglar derifrån till Frankrike
Och friar der för dig till fröken Bona.
Så skall du sammanknyta båda landen;
Med Frankrike till vän, du ej bör frukta
Att dina sprängda fiender sig samla;
Ty om de också icke stickas farligt,
Så plåga de likväl med surr ditt öra.
Först vill jag se på kröningen och sedan
Tvärs öfver hafvet segla till Bretagne
I friarvärf, om så min kung det täckes.
Edv. Ja, som du vill, så skall det bli, min Warwick;
Ty på din skuldra bygger jag min thron,
Och aldrig skall jag något företaga,
Hvari ditt råd och bifall felas mig. —
Dig, Richard, gör jag nu till hertig Gloster,
Och dig till Clarence, Georg; — Warwick göre
Och låte hvad han vill, så väl som jag.
Rich. Gör mig till Clarence och min bror till Gloster,
Ty Glosters hertigdöme bådar ondt.
Warw. Åh, prata icke sådant tokeri;
Blif hertig Gloster, Richard; nu till London
Att taga i besittning hvad vi fått.   *(De gå).*
40

TREDJE AKTEN. FÖRSTA SCENEN.

En jagtpark i norra England.

(Två skogvaktare uppträda med armborst i handen).

1 Skogv. I detta tjocka snår vi gömma oss,
Ty öfver slätten här skall hjorten komma;
Vi ställa oss i buskarna på lur
Och välja ut det bästa villebrådet.
2 Skogv. Jag vill deruppe ställa mig på backen,
Så kunna vi få skjuta båda två.
1 Skogv. Det går ej an, ty klangen från ditt armborst
Kan skrämma den och så mitt skott jag mister.
Här stå vi båda två och sigta väl;
På det att tiden ej må bli oss lång,
Vill jag berätta dig hvad häromdagen,
På samma plats der nu vi stå, mig hände.
2 Skogv. Nej vänta, tills den karlen gått förbi.

(Konung HENRIK *kommer förklädd med en bönbok i handen).*

K. Henr. Från Skottland stal jag mig af kärlig längtan
Att ge mitt land en helsning med mitt öga.
Nej, Henrik, Henrik, ej ditt land är detta;
Din plats är fylld, din spira från dig ryckt,
Den helga oljan från din hjessa sköljd;
Mig kalla inga böjda knän för Cæsar,
Och ingen söker ödmjukt rätt hos dig,
Nej, ingen, ingen litar mer dig an,
Sjelf kan jag ej mig hjelpa, mindre andra.
1 Skogv. Se här en hjort, hvars skinn betalar sig;
Det är för detta kungen; låt oss gripa'n.
K. Henr. Jag vill min svåra motgång ödmjukt bära;
De vise säga, att det visast är.
2 Skogv. Hvi dröja nu? Kom, låt oss gripa honom!
1 Skogv. Nej, håll en stund och låt oss höra mer.
K. Henr. Min son och drottning sökt i Frankland hjelp,
Och bålde Warwick sig begifvit dit

41

För att begära af den franska kungen
Han syster Bona till gemål åt Edvard.
Är detta sant, du arma son och drottning,
Så är er möda spilld och platt förgäfves,
Ty Warwick är en fintlig talare
Och Ludvig är en ganska lättrörd prins.
Då borde väl Margaretha röra honom;
Hon är en qvinna, högst beklagansvärd.
Med suckar Ludvigs bröst hon skall bestorma;
Med tårar kan hon smälta marmorhjertan,
Hon tigrar med sin sorg beveka kan
Och väcka i en Neros hjerta ånger
Med sina snyftningar och salta tårar.
Men Warwick ger, och Margaretha tigger:
Till venster tigger hon om hjelp åt Henrik,
Till höger friar han för unga Edvard.
Med gråt hon säger: "afsatt är min Henrik;"
Han ler och säger: "ditsatt är min Edvard;"
Och så kan hon ej tala mer för sorg,
När han utvecklar Edvards rätt till kronan
Med hala vändningar och månget kraftskäl
Och vinner kungen slutligen från henne
Samt löfte om hans syster och hvad mer
Som stödja kan och styrka Edvards thron.
Så går det, Margaretha! Stackare,
Så hjelplös som du kom man skall dig lemna!
  2 Skogv.   Säg, hvem är du, som der om drottning
Och kungar talar?
  K. Henr.   Mera än jag synes,
Och mindre än jag var i kraft af börd;
En menniska åtminstone, ty mindre
Jag ej kan vara dock, och menniskor,
De måtte väl om konungar få tala,
Och hvarför icke jag?
  2 Skogv.   Ja, men du talar, som du vore kung.
  K. Henr.   Det är jag ock i hugen; det är nog.
  2 Skogv.   Men om du konung är, hvar är din kro

K. Henr. I hjertat bär jag den, men ej på hjessan,
Ej prydd med ädla stenar och demanter,
Ej heller synlig, ty förnöjsamhet
Den kronan heter, sällan ägd af kungar.
2 Skogv. Godt, är ni konung af förnöjsamheten,
Så får ni med förnöjsamhetens krona
: all förnöjsamhet med oss spatsera,
Ty utan tvifvel ni den kungen är,
Som utaf konung Edvard blifvit afsatt;
Och vi, som svurit honom trohetsed,
Nu häkta er som är hans fiende.
K. Henr. Men svor ni aldrig förr och bröt er ed?
2 Skogv. Nej aldrig förr och minst en sådan ed.
K. Henr. Hvar voro ni, då jag var kung i England?
2 Skogv. I landet här, der än vi bo och bygga.
K. Henr. Vid nio månars ålder blef jag krönt,
Min far och farfar voro konungar,
Och ni har svurit trohetsed åt mig,
Nu säg mig, har ni ej den eden brutit!
1 Skogv. Nej, ty vi voro undersåter blott
Så länge ni var kung.
K. Henr.   Nå, är jag död?
Hvad, andas jag ej som en menniska?
Ack, stackars folk, ni vet ej hvad ni svärjer.
Se, hur jag blåser från mig detta dun,
Och huru luften blåser det tillbaka;
Det lyder villigt flägten från min mun
Och viker genast för en annan flägt,
Men styres jemt af den som starkast blåser.
Ett sådant dun är menighetens lydnad.
Men bryt ej eden dock; med denna synd
Skall ej min milda bön belasta er.
Gör hvad ni vill; en konung ni befalle;
Nu är ni kungar; bjud, jag lyder der.
1 Skogv. Vi äro kungens trogna undersåter,
Kung Edvards.

K. Henr. Så som än en gång kung Henriks,
I fall han sute der kung Edvard sitter.
1 Skogv. I Guds och kungens namn vi er befalla
Att följa oss till ortens myndigheter.
K. Henr. I Herrans namn! Er konungs namn skall vörd«
Hvad Herren vill det må er konung göra,
Och gör han det, så vill jag ödmjukt lyda. *(De g(*

ANDRA SCENEN.

London. Ett rum i slottet.

(Konung EDVARD, GLOSTER, CLARENCE *och lady* GREY
uppträda).

K. Edv. Min bror af Gloster, — denna damens mai
Sir John af Grey, vid Albans stupade,
Och alla riddarns gods af segrarn togos.
Nu söker hon att godsen återfå,
Det vi med billighet ej kunna neka,
Då det i striden var för huset York
Som denna goda ädling miste lifvet.
Glost. Ers höghet bör en sådan bön bevilja;
Vanhederligt det vore att den afslå.
K. Edv. Så vore det; dock än jag dröjer litet.
Glost. *(Afsides till* CLARENCE). Ha! är det så?
Jag ser, att frun skall först bevilja något,
Förr'n kungen hennes bön bevilja kan.
Clar. *(Afsides).* Han känner jagten; ej han släp[
sporret.
Glost. *(Afsides).* Tyst!
K. Edv. *(Till lady Grey).* Vi vilja öfverväga er begära
Kom hit en annan gång att få besked.
L. Grey. Jag kan ej tåla uppskof, milde konung;
Ers höghet täcktes genast svara- mig;
Hvad er behagar skall mig vara nog.
Glost. *(Afsides).* Ha, enka, ingen nöd med dina go«

4

Om han och du behaga ett och samma.
Håll bätttre åt dig, annars får du stöten.
Clar. (Afsides). Hon står sig nog, såvida hon ej faller.
Glost. (Afsides). Det Gud förbjude! ty han passar på.
K. Edv. Säg, huru många barn ni har, min fru?
Clar. (Afsides). Jag tror han vill ett barn af henne tigga.
Glost. (Afsides). Nej, tusan! heldre skänka henne två.
L. Grey. Tre barn, min allernådigaste konung.
Glost. (Afsides). Du får väl fyra, om du lyder honom.
K. Edv. Det vore synd, om fadersarf de miste.
L. Grey. Förbarma er, min kung, och gif dem det,
K. Edv. Jag denna fruns förstånd på prof vill sätta;
ꟼ prinsar, gån tillsides, jag er ber.
Glost. Vi gå; men snart din ungdom går sin väg;
Än går det nog; men snart du går på kryckor.
    (GLOSTER *och* CLARENCE *draga sig tillbaka).*
K. Edv. Säg nu, min fru, om edra barn ni älskar?
L. Grey. Ja, lika hjertligt som mig sjelf jag älskar.
K. Edv. Och mycket vill för deras skull ni göra?
L. Grey. För deras skull jag ville gerna lida.
K. Edv. Så vinn er makes gods för deras skull.
L. Grey. Ja, derför har jag kommit hit, min kung.
K. Edv. Jag vill er säga hur ni dem skall vinna.
L. Grey. Då blir till tjenst min kung jag högst förbunden.
K. Edv. Och hvilken tjenst vill ni då göra mig?
L. Grey. Hvad ni befaller och jag mäktar göra.
K. Edv. Mitt tillbud tål ej några undantag.
L. Grey. Med undantag om jag ej kan, min kung.
K. Edv. Du kan hvad jag dig tänker bedja om.
L. Grey. Då vill jag göra hvad min kung befaller.
Glost. (Afsides). Han klämmer hårdt; starkt regn kan
   slita marmor.
Clar. (Afsides). Så röd som eld! nu smälter hennes vax.
L. Grey. Ers höghet tiger? hvad befaller ni.
K. Edv. Hvad lätt du gör; du skall en konung älska.
L. Grey. Det snart är gjort, ty jag är undersåte.
K. Edv. Då skänker jag dig strax din makes gods.

Kom nu, min fru; — och hören det, J prinsar,
J skolen hålla henne uti ära.
(Konung EDVARD, *lady* GREY, CLARENCE *och adelsmannen)*
    Glost. Ja, Edvard håller qvinfolk han — i ära.
Ack, att i merg och ben så tärd han vore,
Att inga friska qvistar från hans länder
Min framtids gyldne planer korsade!
Dock mellan mig och mina tankars sträfvan —
När lystne Edvards rätt begrafven blifvit —
Stå Clarence, Henrik och hans son, ung Edvard,
Samt deras lifsarfvingar i en framtid
Och mota mig att ingen plats jag får;
En högst betänkelig omständighet!
Så står jag blott och drömmer här om makt,
Liksom en man som står på kringsköljd udde,
Och ser en fjerran strand den han vill nå,
Och önskar att hans fot fick ögat följa,
Och bannar sjön som stänger honom vägen,
Och ville gerna tappa ut dess böljor.
Så, fjerran från, jag traktar efter kronan,
Och så jag står och bannar mina hinder
Och säger att jag vill dem skära bort
Och med omöjligheter smickrar mig.
Min blick för snabb, min själ för inbilsk är,
Om hand och kraft ej mäkta likna dem.
Godt; tänk om intet rike fans åt Richard,
Hvad annan glädje kan väl verlden gifva?
Jag vill i qvinnosköt min himmel söka
Och sira ut min kropp med bjefs och glitter,
Med blick och ord förtrolla hulda damer.
Ack, hvilken dårlig tanke, mindre trolig
Än att förvärfva tusen gylne kronor!
Nej, kärlek svor mig hat i moderlifvet
Och mutade, om sina fröjder nisk,
Med någon skänk den skröpliga naturen
Att krympa hop min arm som vissnadt strå,
Att torna upp en puckel på min rygg,

Der fulhet sitter, hånande min kropp:
Att till en låghalt krympling göra mig,
Vanskaplig uti alla mina lemmar,
Ett kaos lik och lik björninnans unge,
Den modren än ej hunnit slicka skaplig.
Och är jag då en man för kärlek gjord?
O galenskap att hysa sådan tanke?
Nej, då vår jord ej annan fröjd mig unnar
Än den att tukta, qväsa och förtrycka
En hvar som bättre skapad är än jag,
Så är min himmel att om kronan drömma
Och anse denna verld som helvete,
Till dess mitt hufvud ofvan fula puckeln
Omfamnas af den gyldne kronans ring.
Dock vet jag ej hur jag skall kronan vinna,
Ty månget lif mig skiljer från mitt hem
Och jag — liksom i vildan skog en man,
Som rifver törnen och af törnen rifves
Och söker väg, men villas bort från vägen
Och vet ej hvar den fria luften fins,
Men slits förtvifladt för att hitta ut, —
Så jag för Englands krona pinar mig
Och vill från sådant qval mig göra lös,
Om ej, mig hugga väg med blodig yxa.
Ha! jag kan le och mörda när jag ler
Och ropa: skönt! när det i hjertat svider,
Och väta kinderna med tvungna tårar
Och vända anletsdragen hur jag vill.
Jag flere skepp än hafsfrun sänka skall
Och blicka värre död än basilisken.
Så bra som Nestor skall jag hålla tal
Och svika listigare än Ulysses,
Och, Sinon lik, ett annat Troja taga:
Jag lånar färger åt kameleonten
Och byter skinn i kapp med Proteus
Och ger en grym Machiavell lektioner.

V. 4   49

Den sådant kan tar nog en krona fatt;
Jag drar den ned, om ock den högre satt.   (G

TREDJE SCENEN.

Frankrike.   Ett rum i palatset.

(Pukor och trumpeter. Konung LUDVIG *och* BONA *uppti*
med svit. Konungen sätter sig på sin thron. Deri
komma drottning MARGARETHA, *prins* EDVARD *och g*
ven af OXFORD).

K. Ludv. (Stiger upp). Du Englands sköna drottn
Margaretha,
Sitt ned hos oss; det passar ej din rang
Och börd, att du skall stå, när Ludvig sitter.
Marg. Nej, Frankers store kung; nu Margaretha
Får stryka segel, lära sig att tjena,
Då konungar befalla. Ja, jag var
I fordna gyldne dagar Englands drottning,
Men nu har ofärd trampat ner min titel
Och slagit mig med skymf till jorden ned,
Der jag får sätta mig bredvid min lycka
Och vänja mig vid sådan ödmjuk plats.
K. Ludv. Säg, sköna drottning, hvarför så förtvifl
Marg. Af skäl som fylla ögonen med tårar,
Sorgdränka hjertat och förlama tungan.
K. Ludv. Hvadhelst det vara må, så var dig lik
Och sätt dig ned hos oss och böj ej nacken
Inunder lyckans ok; ditt djerfva mod
Bör triumfera öfver hvarje ofärd.
Säg, Margaretha, öppet ut din sorg;
Den lindras skall, om Frankrike kan hjelpa.
Marg. Ditt milda tal min sjunkna ande lifvar
Och ger min stumma smärta lof att tala. —
Det vare då den ädle Ludvig kunnigt,
Att Henrik, som mitt hela hjerta äger,
Från konung är till biltog man förvandlad

Och lefver nu i Skottland som en flykting,
I det den stolte Edvard, hertig York,
Med våld har rånat kungathron och krona
Från honom, Englands lagligt smorde konung.
Nu kommer jag, den arma Margaretha,
Hit med min son, prins Edvard, Henriks arfving,
Att bedja dig om rätt och billig hjelp,
Och sviker du, är allt vårt hopp förloradt;
Oss Skottland hjelpa vill, men kan ej hjelpa;
Vårt folk och våra pärer man förfört,
Vår skatt är tagen, flyktat har vår här,
Och, som du ser, med oss det ute är.

K. Ludv. Du höga drottning, lugna smärtans storm,
Så vill jag tänka på att dämpa den.

Marg. Vår ovän vinner makt, ju mer vi dröja.

K. Ludv. Och hjelpen mera kraft, ju mer jag dröjer.

Marg. Otåligheten följer stora sorger; —
Der kommer han som vållat mina sorger.

(WARWICK *uppträder med svit*).

K. Ludv. Hvem träder fram så djerft till vår person?

Marg. Vår grefve Warwick, Edvards bästa vän.

K. Ludv. Välkommen, tappra Warwick! Säg, hvad vill du?

(Han stiger ned från thronen; MARGARETHA reser sig).

Marg. Ja, nu begynner än en storm att rasa,
Ty det är han som väcker storm och flod.

Warw. Den ädle Edvard, Albions herrskare,
Min kung och herre och din svurne vän,
Mig skickat hit med oförfalskad vänskap,
Att först din fursteliga höghet helsa,
Och sedan att begära vänskapsband,
Och sist att detta vänskapsband bekräfta
Med knytande af giftermål, om du
Din dygdesamma syster, fröken Bona,
Till äkta värdes ge åt Englands kung.

Marg. Om sådant sker, är Henriks hopp förloradt.

Warw. (Till BONA). Och, å min konungs vägnar, ädla
fröken,

4*

Jag har det uppdrag, med er gunst och nåde,
Att underdånigst kyssa er på handen
Och lägga fram för dig min konungs hjerta,
Der ryktet, som har trängt sig till hans öra,
Din skönhets afbild och din dygd planterat.
Marg. Kung Ludvig, Fröken Bona, låt mig
Förr än J svaren honom! Warwicks bön
Ej går från välment kärlek hos prins Edvard,
Men från bedrägeri i nödens stund;
Ty hur kan en tyrann väl herrska hemma,
Om ej han har ett utländskt starkt förbund?
Att en tyrann han är bevisar detta, —
Att Henrik lefver än; och doge Henrik,
Så står prins Edvard här, kung Henriks son.
Se derför till, att ej med detta gifte
Du skymf och fara dig förvärfvar, Ludvig.
Ty om tyrannen ock en liten tid
Sin spira svingar, är dock himlen rättvis
Och tiden undertrycker våld och orätt.
Warw. Du smädefulla Margaretha!
Pr. Och hvarför icke drottning?
Warw. Din fader Henrik var en usurpator,
Och du ej mer är prins, än hon är drottning.
Oxf. Då annullerar Warwick store Gaunt,
Som intog större delen utaf Spanien;
Och, efter John af Gaunt, den fjerde Henrik,
Hvars visdom var de visaste en spegel;
Och, efter denna prins, den femte Henrik,
Som vann med sina bragder hela Frankland:
Från dessa stammar denna Henrik ned.
Warw. Oxford, hur kommer sig att ej du ni
Uti ditt hala tal hur sjette Henrik
Förlorat allt som femte Henrik vunnit,
För franska pärer lustigt nog att höra?
För öfrigt nämner du ett ättartal
På två och sexti år; en ringa tid,
Då fråga är om häfd på kungadömen.

Oxf. Kan så du tala mot en furste, Warwick,
Den du har tjent i sex och tretti år,
Och icke rodna som förrädare?
Warw. Kan Oxford, som för rätt har ifrat städse,
Nu skyla falskhet med ett ättartal?
Fy, lemna Henrik, kalla Edvard konung!
Oxf. Jag kalla den för kung, hvars vrånga dom
Har under bilan lagt lord Aubrey Vere,
Min äldre bror? Och ännu mer, min far,
Just då hans mogna år begynte falla
Och då han nalkades till dödens port.
Nej, nej! Så länge denna armen håller,
Så skall den hålla Lancaster vid makt.
Warw. Och jag skall hålla huset York vid makt.
K. Ludv. Prins Edvard, Oxford, drottning Margaretha,
Jag ber er, träden nu till sides litet;
Jag vidare vill tala med lord Warwick.
Marg. Gud låte Warwicks ord ej dåra honom!
(Drottningen, prins EDVARD *och* OXFORD *aflägsna sig).*
K. Ludv. Nå, Warwick, säg mig nu, på samvete,
Om Edvard är er rätte kung och herre?
Ty gerna ej med den jag mig förbunde
Som icke vore lagligt vald till kung.
Warw. Min ära sätter jag i pant derför.
K. Ludv. Men står han också väl i folkets ögon?
Warw. Så mycket mer som Henrik lidit ofärd.
K. Ludv. Så säg mig — all förställning satt å sido —
Uppriktigt huru mycket Edvard älskar
Vår syster Bona.
Warw.   Så han tycks älska,
Som det en sådan mäktig konung höfves.
Jag ofta honom hört med ed bekräfta,
Att, evighetens planta lik, hans kärlek
I dygdens jordmån rotad var och dref
I skönhets solsken sina löf och frukter;
Från afund fri, men icke från förakt,
Så framt ej Bona lindrar qvalens makt.

K. Ludv. Nå, syster, låt oss höra ert beslut.

Bona. Ert ja-ord eller nej är också mitt: —

(*Till* WARWICK)

Dock tillstår jag, att ofta före detta,
Då jag hört talas om er konungs värde,
Mitt öra frestat mitt förstånd till ömhet.

K. Ludv. Nå väl — då blir vår syster Edvards maka
Artiklar skola genast sättas upp
Som stadga hvad er kung skall gifva henne
Till gengäld för den hemgift som vi ge.
Kom, drottning Margaretha, och var vittne
Att Bona sig med Englands kung förlofvar,

Pr. Med Edvard, ja, men ej med Englands kung.

Marg. Du falske Warwick! Så du listigt ville
Med detta giftermål min bön förinta.
Förrän du kom, var Ludvig Henriks vän.

K. Ludv. Och är ännu hans vän och Margarethas.
Men om er rätt till kronan ej är stark, —
Som det af Edvards goda framgång tyckes —
Så är det billigt, att jag blifver qvitt
Det löfte som jag gifvit att er hjelpa.
Dock skall hos mig ni all den godhet njuta,
Som ni kan fordra och som jag kan gifva.

Warw. I Skottland lefver Henrik nu och trifs;
Han intet har och intet kan förlora.
Och ni, som vår för detta drottning är,
En fader har som kan er underhålla;
Då ligger ni ej Frankrike till last.

Marg. Tyst, tyst, du fräcka, oförskämda Warwick,
Som kungar sätter af och till förmäten!
Jag går ej förr än jag med tal och tårar,
Som vittna sanning båda, visat Ludvig
Ditt lömska svek och Edvards falska kärlek;
J ären lika stora skälmar båda.

(*Ett posthorn höres utanföre,*

K. Ludv. Dig gäller budet, Warwick, eller oss.

54

(En budbärare kommer).
Budb. Mylord ambassadör, här är ett bref
Ifrån er bror, markisen Montague. —   *(Till* LUDVIG*).*
Och här, ers höghet, ett ifrån vår kung. —
                                (Till MARGARETHA*).*
Och ett till er, min fru; från hvem, det vet jag ej.
                                (De läsa sina bref).
Oxf. Vår drottning läser leende sitt bref,
Men Warwick rynkar pannan; det är bra.
Pr. Nej, se hur Ludvig trampar som i nässlor,
Jag hoppas allt går väl.
K. Ludv. Nå, Warwick, hvilken nyhet har du fått?
Och hvilken nyhet ni, min sköna drottning?
Marg. Min fyller mig med oförmodad glädje.
Warw. Min fyller mig med sorg och grämelse.
K. Ludv. Hvad, har din konung äktat lady Grey?
Och skickar denna hala lapp till ursäkt
För sina egna och för dina ränker?
Är detta hans förbund med Frankrike?
Och djerfves han oss förolämpa så?
Marg. Det har jag sagt ers majestät förut
Om Edvards kärlek och om Warwicks heder.
Warw. Kung Ludvig, här jag svärjer, inför himlen
Och vid mitt hopp om evig salighet,
Att jag är fri från detta svek af Edvard,
Ej mer min kung, då så han skymfar mig,
Men mest sig sjelf, om han sin smälek såge. —
Har jag förglömt, att genom huset York
Min fader blef i förtid dödens rof,
Samt hur min systerdotters heder kränktes?
Har jag med kungakronan honom prydt
Och stött kung Henrik från sitt fadersarf
Och lönas nu på sistone med skam?
Hans blifve skammen; äran tillhör mig.
Och för att återvinna mig den ära,
Som jag för hans skull mist, jag afsvär honom
Och vänder mig ånyo till kung Henrik.

Min ädla drottning, glöm de fordna grollen,
Jag hädanefter skall er tjena troget,
Hans oförrätt mot fröken Bona hämnas
Och sätta Henrik åter upp på thronen.
  Marg. Warwick, ditt tal mitt hat i kärlek vändt;
Jag glömmer helt och hållet gamla fel
Och fröjdar mig att du blir Henriks vän.
  Warw. Hans vän så visst, så oförstäldt hans vän,
Att, om kung Ludvig värdes oss förse
Med några ringa skaror utvaldt folk,
Så vill jag sätta dem i land i England
Och störta ned tyrannen från sin thron.
Hans nya brud lär ej beskydda honom.
Hvad Clarence angår — säger mig mitt bref,
Att det är sannolikt att han gör affall,
Då Edvard gift sig utaf lusta blott,
Men icke för sitt rikes lugn och ära.
  Bona. Hur finner Bona hämd, min dyre broder,
Om ej du hjelper denna arma drottning?
  Marg. Berömda furste, hur skall Henrik lefva,
Om ej du räddar honom från förtviflan?
  Bona. Min sak och.denna drottnings äro ett.
  Warw. Och min är också er, min sköna fröken.
  K. Ludv. Och min är hennes, din och Margarethas.
Jag derför ändtligen mig fast beslutat
Att hjelpa er.
  Marg. Jag ödmjukt tackar er på allas vägnar.
  K. Ludv. Du Englands sändebud, vänd om på stund
Och helsa honom som för kung du anser,
Den falska Edvard, att den franska Ludvig
Till England några masker skicka vill
Till dans med honom och hans nya brud.
Du ser hvad här har skett; gå, skräm din kung.
  Bona. Och säg, att jag min videkrans vill bära
Uti det hopp, att snart han enkling blir.
  Marg. Och säg, att jag min sorgdrägt lagt å sido
Och redo är att draga pansar på.

Warw. Och säg, att mycken smälek han mig gaf,
Och derför skall jag sätta honom af.
Se der din lön, och gå. *(Budbäraren går).*
K. Ludv. Men, Warwick, du
Och Oxford skola med femtusen man
Till England segla för att slåss med Edvard;
Och denna ädla drottning och dess son
Vid läglig tid med frisk förstärkning komma.
Dock, förr'n du går, du löse mig ett tvifvel: —
Hvad är oss borgen för din fasta trohet?
Warw. Se här en borgen för min fasta trohet:
Om så det täcks vår drottning och prins Edvard,
Så vill med honom jag min äldsta dotter,
Min lust och fröjd, i äktenskap förena.

Marg. Jag ger mitt bifall och jag tackar er: —
Son Edvard, hon är skön och dygdesam,
Och skynda derför, gif din hand åt Warwick,
Och med din hand orubbeliga löftet
Att ingen ann' än hon skall blifva din.

Pr. Jag tager henne; hon förtjenar det,
Och här jag räcker dig min hand till pant.
(Han ger WARWICK *handen).*
K. Ludv. Hvi dröja? Detta manskap värfvas skall
Och, Bourbon, du vårt rikes amiral
Skall sätta öfver det med örlogsflottan.
Mot Edvard hämden skall sin glafven hvässa
För det han korgen gett åt fransk prinsessa.
. *(Alla gå, utom* WARWICK).
Warw. Jag kom från Edvard som ambassadör,
Men vänder åter som hans dödsfiende;
Han gaf mig uppdrag om ett frieri,
Men får ett gräsligt krig till svar på frågan.
Fans ingen ann' än jag att narras med,
Så skall ock jag i sorg hans narri vända;
Det var ju jag som honom kronan gaf,
Och jag skall också taga den tillbaka.

Från ömkan med kung Henrik är jag fri,
Men hämnas skall jag Edvards gäckeri. *(Gå*

FJERDE AKTEN. FÖRSTA SCENEN.

London. Ett rum i slottet.

(GLOSTER, CLARENCE, SOMERSET, MONTAGUE *och an*
uppträda).

Glost. Nu säg mig, broder Clarence, hvad du tänk
Om detta giftermål med lady Grey?
Har ej vår broder gjort ett värdigt val?
Clar. Du vet, att det är långt till Frankrike;
Hur kunde han på Warwicks hemkomst vänta? ·
Som. Håll upp med sådant tal; der kommer kung

(Fanfarer. Konung EDVARD *med svit, lady* GREY *som dr
ning,* PEMBROKE, STAFFORD, HASTINGS *och flere uppträd*

Glost. Och har sin väl utkorade i sällskap.
Clar. Jag säger honom öppet hvad jag tänker.
K. Edv. Nå, Clarence, hur behagar dig mitt val?
Du står så tankfull, som du vore missnöjd.
Clar. Jo, lika bra som samma val behagar
Den franska Ludvig eller grefve Warwick,
Som äro svaga nog i mod och vett
Att icke harmas öfver denna kränkning.
K. Edv. Men låt dem harmas utan skäl; de äro
Ju Ludvig blott och Warwick; jag är Edvard,
Er kung och Warwicks; hvad jag vill jag gör.
Glost. Och bör som konung göra hvad ni vill;
Men äktenskap af nyck plär sällan lyckas.
K. Edv. Ha, broder Richard, äfven du är stött?
Glost. Nej, icke alls;
Nej, Gud förbjude, att hvad Gud förenat
Jag skulle skilja åt; det vore synd
Att skilja dem som passa hop så väl.
K. Edv. Ert hån och harmsenhet åsidosatta,

n upp ett skäl hvi icke lady Grey
n hustru skulle bli och Englands drottning.
också Somerset och Montague
, fritt och öppet säga mig er mening,
Clar. Nå väl, jag tänker så: — att konung Ludvig
ovän blir för det ni gäckat honom
d frieriet till hans syster Bona.
Glost. Och Warwick, som ert ärende har gått,
inärad är igenom detta gifte.
K. Edv. Men tänk om jag kan hitta på ett medel
t ställa båda två tillfreds igen?
Mont. Dock hade ett förbund med Frankrike
r styrka gifvit åt vårt fosterland
t yttre stormar än ett inländskt gifte.
Hast. Ha, vet ej Montague, att England sjelft
ir säkert nog, om sjelft det är sig troget?
Mont. Än säkrare med stöd af Frankrike.
Hast. Att nyttja Fransmän bättre är, än tro dem.
skyddas må af Gud och våra haf,
m Gud har gifvit oss till väldig borg,
h blott med deras bistånd värja oss;
dem och i oss sjelfva bor vår styrka.
Clar. För detta tal förtjenar ju lord Hastings
t få en fröken Hungerford till äkta.
K. Edv. Se så! Det var mitt välbehag och vilja;
ir denna gången är min vilja lag.
Glost. Dock tycks mig ej att det var rätt, ers höghet,
t ge en dotter af lord Scales till äkta
: brodren till er älskade gemål;
ir Clarence eller mig hon bättre passat,
n för er brud ni offrat edra bröder.
Clar. Ty annars hade ej lord Bonville's arfving
gifvit åt er nya hustrus son
h edra bröder ställt på bara backen.
K. Edv. Ack, stackars Clarence! Är det för en hustru
m du är missnöjd? Hustru skall du få.
Clar. Uti ert eget val er smak ni visat,

Och den var klen; låt derföre mig sjelf
Få gå och fria för min egen räkning;
För sådant ärende jag snart er lemnar.

K. Edv.   Gå eller dröj, ty kung vill Edvard vara,
Men icke bunden utaf bröders vilja.

D. Elis.   Mylords, förrän hans majestät det täcktes
Att höja upp mig till en drottnings rang,
Ni måste göra mig den rätt att säga,
Att jag till härkomst icke ringa var,
Och ringare än jag haft samma lycka.
Men liksom denna rang är hedrande
För mig och för de mina, likaså
Fördunklar eder afvoghet, mylords,
Med sorg och farligheter all min fröjd;
Jag ville likväl gerna er behaga.

K. Edv.   Min vän, låt bli att smickra deras sturskhet
Hvad fara eller sorg kan möta dig,
Så länge Edvard är din trogna vän
Och deras furste som de måste lyda,
Ja, lyda mig och älska dig på köpet,
Så framt mitt hat de icke vilja reta;
Om så de göra, jag dig skyddar nog,
Och de min vredes hämdkraft skola känna.

Glost.   *(Afsides).*   Jag säger litet, tänker desto mer.

(En budbärare kommer).

K. Edv.   Hvad bref och nyheter från Frankrike?

Budb.   Min konung, inga bref, men karga ord,
Dem utan eder synnerliga nåd
Jag icke vågar bära fram för er.

   K. Edv.   Nå väl, du har vår nåd; nu säg i korthet,
Så godt som du kan minnas, deras ord.
Hvad svarade kung Ludvig på vårt bref?

Budb.   I det jag gick, han sade just så här:
"Gå, helsa honom som för kung du anser,
Den falska Edvard, att den franska Ludvig
Till England några masker skicka vill
Till dans med honom och hans nya brud,"

K. Edv. Så tapper! Ack, han tror att jag är Henrik.
vad sade fröken Bona om mitt gifte?

Budb. Med mildt förakt hon sade dessa ord:
äg honom, att jag bär min videkrans
i det hopp, att snart han enkling blir."

K. Edv. Jag tadlar henne ej, hon lidit orätt
:h kunde derför knappast säga mindre.
:n säg hvad Henriks drottning yttrade,
y jag har hört, att hon tillstädes var.

Budb. "Säg honom," sade hon,
utt jag ej längre vill i sorgdrägt gå,
en redo är att draga pansar på."

K. Edv. Hon tycks ha lust att spela Amazon.
vad sade Warwick då vid detta hån?

Budb. Han mot ers höghet mera än de andra
ppretad var och sade dessa ord:
Säg honom, att han mycket hån mig gaf,
)ch derför skall jag sätta honom af."

K. Edv. Ha, djerfdes den förrädarn trotsa så?
odt, jag är vanärad, jag vill rusta mig;
ed krig de skola plikta för sin högfärd.
:en säg, är Warwick vän med Margaretha?

Budb. Så stor är deras vänskap, höge konung,
.tt Warwick ger sin dotter åt prins Edvard.

Clar. Den äldre då; ty jag vill ha den yngre. —
arväl, min broder kung! sitt bara fast,
y jag vill gå till Warwicks andra dotter.
ust jag ett rike saknar, vill jag dock
giftasväg för er ej gifva vika. —
en mig och Warwick älskar, följe mig.

(CLARENCE *går och* SOMERSET *följer honom*).

Glost. (*Afsides*). Ej jag!
litt sinne syftar mot ett högre mål.
'ör kronans skull jag dröjer, ej för Edvards.

K. Edv. Clarence och Somerset till Warwick gått!
)ock har jag på det värsta mig beredt,
)ch skyndsamhet är nu af högsta nöden. —

Pembroke och Stafford, gån på mina vägnar
Att värfva folk och rusta allt i ordning;
De hafva landat eller landa snart,
Jag kommer med det första efter sjelf.
          (PEMBROKE och STAFFORD gå).
Dock, Montague och Hastings, först ni måste
Mitt tvifvel lösa. Mest af allesamman
J ären slägt och vänner med lord Warwick;
Säg, älsken J lord Warwick mer än mig?
Om så det är, begifven er till honom,
Ty heldre fiender, än falska vänner!
Men om J viljen tro och huldhet hålla,
Så styrken det med något vänligt löfte,
Att jag ej måtte mer misstänka er.
          Mont. Så sant Gud hjelpe! Montague är trogen.
          Hast. Så sant Gud hjelpe! Hastings är för Edvard.
          K. Edv. Nå, broder Richard, vill du bistå oss?
          Glost. Ja en och hvar till trots, som mot er står.
          K. Edv. Nå väl, då är jag säker på min seger.
Kom, låt oss gå och icke spilla tid;
Med Warwicks franska troppar flux till strid!   *(De gå)*

ANDRA SCENEN.

En slätt i Warwickshire.

(WARWICK och OXFORD uppträda med franska och andra
          troppar).

          Warw. Tro mig, mylord, oss hittills allt har lyckats
Det lägre folket strömmar till oss hoptals.

          (CLARENCE och SOMERSET uppträda).

Men se, der komma Somerset och Clarence;
Säg fort, mylords, om vi ä' vänner alla.
          Clar. Var icke rädd för det, mylord.
          Warw. Välkommen då till Warwick, goda Clarence!
Välkommen, Somerset! Det vore fegt

Att stå och tveka, då ett ädelt hjerta
Sin öppna hand till vänskapspant har räckt;
Man kunde annars tro, att Edvards bror
Blott vore hycklad vän till våra planer;
Dock, hell dig Clarence; du min dotter får.
Nu gäller det, i mörka nattens skydd, —
Då Edvard har så sorglöst lägrat sig
Och allt hans folk i bygden rundt är spridt
Och blott en ringa hop han har till vakt, —
Att öfverrumpla och att fånga honom;
Mig spejare ha sagt att lätt det är.
Som djerfve Diomedes och Ulysses
Med list och mod till Rhesus' tält sig smögo
Och stulo bort hans underbara hästar,
Så vi, i nattens svarta mantel höljda,
Nedhugga oförmodadt Edvards vakt
Och gripa honom, icke dräpa honom,
Ty här om öfverrumpling blott är fråga.
Den som vill följa mig till denna bragd,
Han rope ut med mig kung Henriks namn.
                                    (Alla ropa "HENRIK").
Nå väl, då tåga vi i tysthet fram;
Gud och sanct Georg skydde er och Warwick!   (De gå).

TREDJE SCENEN.

EDVARDS läger i närheten af WARWICK.

(Några skildtvakter framför konungens tält).

1 Skildtv. Kom, karlar; fatta posto en och hvar,
Ty nu har kungen satt sig ner att sofva.
2 Skildtv. Hvad, går han ej till sängs?
1 Skildtv. Nej, ty han har ett heligt löfte gjort
Att aldrig lägga sig till ro i säng,
Förr'n Warwick eller han är platt förderfvad.
2 Skildtv. Det kommer säkert till att ske i morgon,
Om Warwick är så nära som det sägs.

3 Skildtv. Men säg mig hvem den adelsmannen är,
Som hvilar här med kungen i hans tält?
1 Skildtv. Det är lord Hastings, kungens bästa vän.
3 Skildtv. Ja så! Men hvarför herbergerar kungen
Sitt bästa följe här i städerna,
Då sjelf på öppna fältet han kamperar?
2 Skildtv. Ju större faran är, dess större äran.
3 Skildtv. Låt mig med heder blott i ro få vara,
Det tycks mig bättre än en farlig ära.
Om Warwick kände kungens position,
Så lita på att nog han väckte honom.
1 Skildtv. Om vi med hillebard ej stängde vägen.
2 Skildtv. Ja, hvarför stå vi annars här på post,
Om icke för att värja hans person
För fiender, som göra nattligt anfall.

(WARWICK, CLARENCE, OXFORD *och* SOMERSET *uppträda
med troppar*).

Warw. Här är hans tält; se der hvar vakten står.
Gå på, godt folk! nu eller aldrig ära!
Kom, följ mig åt, och Edvard skall bli vår.
1 Skildtv. Halt, verda!
2 Skildtv. Stå stilla, eller är du dödens!

(WARWICK *och alla de öfriga ropa* "Warwick, Warwick!"
*och angripa skildtvakterna, som fly och ropa: "i ge-
vär, i gevär!" under det att* WARWICK *och de öfriga
förfölja dem*).

(*Trummor och trumpeter höras.* WARWICK *och de öfriga
komma tillbaka förande med sig kungen insvept i en
nattrock och sittande i en ländstol.* GLOSTER *och*
HASTINGS *fly öfver teatern*).

Som. Hvem flyr der borta?
Warw. Richard och lord Hastings
Men låt dem vara; här är hertigen.
K. Edv. Hvad? hertigen? Då sist vi skildes, Warwick
Du kallade mig kung.

20

Warw. Ja, det var då;
Men när ni skymfade min ambassad,
Så satte jag er af från kungadömet
Och nämner ut er nu till hertig York.
Hur skulle ni ett rike kunna styra,
Då ej ni vet hur en gesandt behandlas,
Ej vet att nöja er med en gemål,
Ej vet att handla broderligt mot bröder,
Ej vet att tänka uppå folkets bästa,
Ej vet att skydda er för fiender?
K. Edv. Ha, broder Clarence, är du också här?
Då ser jag nog, att Edvard måste falla, —
Dock, Warwick, allt hvad motgång är till trots
Och dig till trots och trots din hela liga,
Skall Edvard städs sig föra upp som kung.
Fast lyckans ondska kört ikull min lycka,
Så är min hug dock högre än dess hjul.
Warw. (*Tager kronan af* EDVARD). I hugen vare Ed-
vard Englands kung,
Men nu skall Henrik bära Englands krona
Och vara riktig kung, men skuggan du. —
Mylord af Somerset, på min begäran,
Se till att hertig Edvard blir ledsagad
Till erkebiskopen af York, min broder.
När jag med Pembroke och hans skaror stridt,
Så vill jag följa er och er berätta
Hvad Ludvig och hvad fröken Bona svarat, —
Tilldess farväl, min goda hertig York!
K. Edv. Hvad ödet bjuder måste menskan lida;
Det hjelper ej mot vind och ström att strida.
(*Konung* EDVARD *föres ut;* SOMERSET *följer honom*).
Oxf. Mylords, hvad återstår för oss att göra,
Om ej att gå till London med vår här?
Warw. Ja, detta är det första som skall göras;
Ur fängelset skall Henrik nu befrias
Och sättas upp igen på kungathronen.

(*De gå*).

FJERDE SCENEN.

London.   Ett rum i slottet.

(Drottning ELISABETH *och* RIVERS *uppträda).*

Riv. Min fru, hvad har så plötsligt er förvandlat?

Dr. Elis. Ack, broder Rivers, har ni icke hört
Hvad ofärd nyss har drabbat konung Edvard?

Riv. Förlorat en batalj mot grefve Warwick?

Dr. Elis. Nej, mist sin egen kungliga person.

Riv. Då har min konung stupat?

Dr. Elis. Ja, nästan stupat, ty han fången är,
Förrådd kanhända utaf falska vakter,
Om ej, af fienderna öfverrumplad.
Och, som det sägs, så är han i förvar
Hos erkebiskop York, en bror till Warwick
Och således en fiende till oss.

Riv. Ett sorgligt nytt, det måste jag bekänna.
Dock ännu icke ni förtvifla får;
En annan gång det Warwick illa går.

Dr. Elis. Till dess må hoppet läka hjertats sår.
Af kärlek kämpar jag emot förtviflan,
Ty under hjertat bär jag Edvards foster,
Som lär mig tygla mina lidelser
Och bära på mitt kors med ödmjukt sinne.
Ja, derför sväljer jag så mången tår
Och hämmar suckarna som suga blodet,
På det att ej min gråt och mina suckar
Må dränka och förderfva Edvards foster,
Som är till Englands krona laglig arfving.

Riv. Men hvart har Warwick tagit vägen nu?

Dr. Elis. Man sagt mig, att han drager af till Lon:
Der än en gång han kröna vill kung Henrik;
Nu kan du sjelf till resten gissa dig.
Kung Edvards vänner måste störtas alla.
Men för att nu tyrannens våld förhindra, —
Ty lita ej på den som brutit ed —

Jag vill en helig fristad genast söka
Och rädda, i det minsta, Edvards arfving.
Der skall jag vara trygg för våld och svek.
Kom, låt oss fly då ännu fly man kan;
Ty får oss Warwick fatt, så mördar han.

FEMTE SCENEN.

En jagtpark i grannskapet af slottet Middelham i Yorkshire.

(GLOSTER, HASTINGS, *sir* WILLIAM STANLEY *m. fl. uppträda*).

Glost. Lord Hastings och sir William, hållen upp
Att undra på hvi jag har fört er hit
I midten utaf detta djupa skogs-snår.
Förhållandet är detta: som ni vet,
Är konungen, min bror, i fångenskap
Hos bispen här och njuter utaf honom
Ett godt bemötande och mycken frihet
Samt kommer ofta under svag bevakning
Till denna park att roa sig med jagt.
Jag hemligen har underrättat honom,
Att, om vid denna timma hit han kommer,
Liksom han ville här som vanligt jaga,
Så skall han finna sina vänner här
Med folk och hästar samt befriad blifva.

(Konung EDVARD och en jägare uppträda).

Jäg. Kom hit, mylord, ty här är villebråd.
K. Edv. Nej, hitåt karl; der stå ju jägarne. —
Nå, broder Gloster, Hastings och J andra,
Jag tror ni vill från bispen stjäla vildt.
Glost. Min broder, tid och ställe fordra brådska,
Vid slutet utaf parken står er häst.
K. Edv. Hvart skola vi vår kosa ställa nu?
Hast. Till Lynn, mylord, och derifrån till Flandern.
Glost. I sanning, träffadt! så jag tänkte just.
K. Edv. Jag skall en gång din ifver löna, Stanley.

Glost. Hvi dröja nu? Här är ej tid att prata.
K. Edv. Säg, vill du följa med mig, jägare?
Jäg. Ja, bättre det än stanna och bli hängd.
Glost. Så kom då; stå ej der och resonera.
K. Edv. Farväl, herr bisp! Med Warwick dig förs(
Och bed att jag må återfå min krona.   *(De ҫ*

SJETTE SCENEN.

Ett rum i Towern.

(Konung HENRIK, CLARENCE, WARWICK, SOMERSET,
unge RICHMOND, OXFORD, MONTAGUE, KOMMENDAN᷉
på Towern m. fl.)

K. Henr. Herr kommendant, då Gud och mina väɪ
Från kungathronen hafva störtat Edvard
Och vändt till frihet Henriks fångenskap,
Till hopp min fruktan och till fröjd min sorg,
Hvad är jag skyldig dig då jag släpps ut?
Komm. En undersåte kräfver ej sin furste.
Men om en underdånig bön mig unnas,
Så beder jag ers majestät om tillgift.
K. Henr. För hvad? För det att väl du mig behand
Nej, lita på att jag din godhet lönar,
Ty du min fångenskap har vändt i fröjd,
Ja, sådan fröjd som fogeln har i buren
Då ändtlig efter många dystra tankar,
Vid ljudet af en huslig harmoni,
Han glömmer att han icke mer är fri. —
Dock, Warwick, du näst Gud har mig befriat,
Och Gud och dig jag derför tackar främst,
Han upphofsmannen var och du hans verktyg.
På det att nu jag lyckans agg må lindra
Med ödmjukt lefverne från högfärd fjerran,
Och ej min olycksstjerna måtte drabba
Mitt folk i detta land af Gud välsignadt,
Så vill jag, fast jag ännu kronan bär,

Åt dig, lord Warwick, lemna rikets roder
Ty du är lyckosam i alla dåd.
Warw. Ers höghet städse var för dygder känd
Och röjer både dygd och visdom nu,
I det ni ger för lyckans ondska vika,
Ty sina stjernor lyder icke mången.
I ett likväl ni orätt gör, min prins;
Ni väljer mig, då här en Clarence fins.
Clar. Nej, Warwick, du är herrskarmakten värdig;
Åt dig har himlen vid din födelse
En oljoqvist och lagerkrans beskärt
Som förebud till makt i fred och krig,
Och derför ger jag villigt dig min röst.
Warw. Och jag utväljer Clarence till protektor.
K. Henr. Warwick och Clarence, — edra händer hit!
Förenen dem, förenen edra hjertan,
Att intet split må hindra styrelsen;
Jag nämner båda två till protektorer,
Och sjelf jag föra vill ett stilla lif,
På gamla dagar bön och andakt öfva
Och prisa Gud och mina synder döfva.
Warw. Hvad svarar Clarence på sin konungs vilja?
Clar. Han bifall ger, om Warwick ger sitt bifall,
Ty på din goda lycka litar jag.
Warw. Jag nästan mot min vilja ger mitt bifall.
Wi smälta hop liksom en dubbelskugga
Till Henriks kropp och träda i hans ställe,
Jag menar i regeringens bekymmer,
För öfrigt må i ro han äran njuta.
Men, Clarence, nu det är af högsta nöden
Att Edvard för förrädare förklara
Och allt hans gods och goda konfiskera.
Clar. Förstår sig; samt bestämma successionen.
Warw. Och der vid lag skall Clarence ej bli glömd.
K. Henr. Men låten först och främst mig bedja er —
Ty nu jag upphört har att er befalla —
Att låta hemta strax från Frankrike

Er drottning Margaretha och min son.
Ty, förr'n jag ser dem här, är frihets glädje
Till hälften skymd af tviflande bekymmer.
Clar. Så fort som möjligt skall det ske, min kung.
K. Henr. Mylord af Somerset, hvem är den gossen,
Som ni med sådan ömhet tycks bemöta?
Som. Det är den unga Henrik, grefve Richmond.
K. Henr. Kom, Englands hopp! — Om djupt fördolda
          makter   *(Lägger sin hand på hans hufvud).*
Förläna mig en sann profetisk anda,
Så blifver detta vackra barn en gång
För Englands rike en välsignelse.
Hans blick är full af fridfullt majestät,
Hans hufvud af naturen skapt till kronan,
Hans hand att svinga spiran, och han sjelf
Att pryda i en framtid kungathronen.
J lorder, ären honom högt, ty han
Hvad jag förlorat mer än rädda kan.

          (En budbärare kommer).

Warw. Hvad nytt, min vän?
Budb. Att Edvard vikit undan från er bror
Och flyktat till Burgund som han förnummit.
Warw. En ledsam nyhet; men hur kom han undan?
Budb. Han bortförd blef af Richard, hertig Gloster,
Och af lord Hastings, som uti ett bakhåll
Vid skogens ända väntat uppå honom
Och honom ryckt från bispens jägare,
Ty jagt var dagligdags hans tidsfördrif.
Warw. Min broder alltför sorglöst vaktat honom. —
Nu låt oss gå, min kung, och söka bot
För detta sår samt nya farors hot.
(Konung HENRIK, WARWICK, CLARENCE, KOMMENDANTEN
  och sviten gå).
Som. Mylord, prins Edvards flykt mig oro gör,
Ty säkert får han hjelp utaf Burgund;
Då hafva vi ett krig på halsen snart.

Men liksom Henriks sista profetia
Mitt hjerta gladde med förhoppningar
Om denna unga Richmond, likaså
Förtrycks mitt bröst af onda aningar
Om hvad som månde honom förestå
Till hans och vår förlust i dessa strider.
Och derför, grefve Oxford, är det klokast
Att genast till Bretagne vi honom sända,
Tills borgarkrigets stormar fått en ända.
Oxf. Ja, ty om Edvard skulle kronan få,
Så lär det oss och Richmond illa gå.
Som. Ja, till Bretagne vi måste honom föra,
Och det skall bli det första som vi göra.   (*De gå*).

SJUNDE SCENEN.

Framför York.

(*Konung* EDVARD, GLOSTER *och* HASTINGS *uppträda med troppar*).

K. Edv. Nu, broder Richard, Hastings och J andre,
Så vidt har lyckan skadestånd mig gifvit,
Att än en gång mot Henriks gyldne krona
Jag min förnedring har fått byta ut.
Två gånger kom jag lyckligt öfver hafvet
Och bragte önskad hjelp ifrån Burgund.
Hvad annat återstår, då nu vi kommit
Från Ravensburg till portarna af York,
Än rycka in uti vårt hertigdöme?
Glost. Ha, porten stängd! Det tycker jag ej om.
Ty mången, som på tröskeln snafvade,
Blef varnad för en fara innanför.
Edv. Åh, strunt! Ej något skrock oss nu får skrämma;
Med ondo eller godo skall jag in,
Ty hit församla sig ju våra vänner.
Hast. Ännu en gång jag vill på porten knacka.
(MAYOR'N *och rådet i York visa sig på muren*).

71

Mayo. Vi visste, att ni skulle komma, lorder,
Och stängde portarna försigtigtvis,
Ty nu vi svurit Henrik tro och huldhet.
K. Edv. Herr mayor, om också Henrik är er·kung,
Så är väl Edvard ändock hertig York?
Mayo. Ja, det är sant, mylord; det är ni visst.
K. Edv. Nå väl, jag fordrar blott mitt hertigdöme
Och är belåten väl med bara det.
Glost. *(Afsides).* Men bara räfven kommer in med nos
Så kryper snart han hel och hållen in.
Hast. Hvad nu, herr mayor! Hvi står ni der och tvekt
Låt porten upp, vi äro Henriks vänner.
Mayo. Ja så! — Då skall jag genast öppna porten.
(Går ned från mure
Glost. En högvis kommendant och lätt bevekt!
Hast. Den hedersmannen håller färgen bra
Och aktar sig för bet. När in vi kommit,
Så skola väl vi snart beveka honom
Och hela rådet till att ta reson.
(Mayor'n och två åldermän komma ne
K. Edv. Herr mayor, ej dessa portar stängas få,
Om ej i krigstid eller nattetid.
Var icke rädd, men ge mig dina nycklar,
(Tar nycklarn
Ty jag försvarar staden York och dig
Samt en och hvar som tryggar sig till mig.

(Trummor. MONTGOMERY *kommer marscherande med troppe*

Glost. Min bror det är sir John Montgomery,
Vår trogne vän, om jag mig ej bedrager.
K. Edv. Sir John, välkommen! Hvarför är du väpn
Montg. Till konung Edvards hjelp i stormens tid,
Som det en trogen undersåte höfves.
K. Edv. Haf tack, Montgomery! Men nu vi glömn
Vår rätt till kronan; endast hertigdömet
Vi kräfva nu, tills Gud beskär oss resten.
Montg. Nå väl, då vill jag gå min väg; farväl!

En kung jag tjena vill, men ingen hertig.
Rör trummorna och låt oss strax marschera.
(*Man börjar slå en marsch*).
K. Edv. Nej, dröj en stund och låt oss pläga råd
Om huru kronan säkrast står att vinna.
Montg. Hvad? pläga råd? Nej, kort och godt, mylord,
Om ni ej nu förklarar er för konung,
Så öfverlemnar jag er åt ert öde
Och bryter genast upp att hejda dem
Som komma till er hjelp; ty hvarför strida,
Om ni ej något har att strida för.
Glost. Men hvarför så betänklig, broder Edvard?
K. Edv. När öfvermakten är i våra händer,
Då vilja vi på kronan göra anspråk,
Men intill dess det klokast är att tiga.
Hast. Här duger ej att grubbla! svärdet råde!
Glost. Och dristigt mod tar snarast kronor fatt.
Min bror, vi vilja genast ropa ut dig;
När sådant spörjs, du vinner många vänner.
K. Edv. Ni göre som ni vill; det är min rätt,
Och Henrik usurperar diademet.
Montg. Min kung, nu talar ni som er det höfves,
Och nu vill jag kung Edvards kämpe vara.
Hast. Trumpeter hit! Vi rope ut kung Edvard: —
Hör hit, kamrat! läs upp proklamationen.
(*Ger ett papper åt en soldat. Fanfarer*).
Sold. (*Läser*) "Vi Edvard den fjerde, med Guds nåde,
konung af England och Frankrike, herre till Irland, o. s. v."
Montg. Men den som trotsar konung Edvards rätt
Till envig manar jag på öfligt sätt. (*kastar sin handske*).
Alla. Lefve Edvard den fjerde!
K. Edv. Haf tack, Montgomery! Tack, allesamman!
Jag lönar er, om lyckan står mig bi.
Vi dröja öfver natten här i York;
Och när sin strålvagn morgonsolen lyfter
Utöfver denna horizontens brädd,
Så gå vi Warwick och hans folk till mötes,

Nu skynda vi till Coventry, mylords,
Der bistre Warwick fattat posto nu.
Än skiner solen varm; men om vi töfva,
Skall vinterfrosten skörden oss beröfva. '
Glost. Nu skynden, förr'n hans skaror sig förenat,
Och öfverrasken mäktiga förrädarn;
J tappre krigsmän, raskt till Coventry!

(*De gå*

FEMTE AKTEN.   FÖRSTA SCENEN.

Coventry.

(På muren uppträda WARWICK, MAYOR'N *i Coventry, t*
budbärare m. fl.)

Warw. Hvar är det bud, som kom från tappre Oxfor
Min vän, hur nära kan din herre vara?
1 Budb. I Dunsmore är han nu på marschen hit.
Warw. Hur nära är vår broder Montague? —
Hvar är det bud, som kom från Montague?
2 Budb. Vid Daintry är han nu med väldig skara.

(Sir JOHN SOMERVILLE *uppträder).*

Warw. Hör, Somerville, hvad har min son att säga
Hur nära tror du nu att Clarence är?
Som. Vid Southam skildes jag vid honom sist
Och väntar honom hit om tvenne timmar.

(*Man hör trummo*
Warw. Nu nalkas Clarence visst; jag hör hans trumm
Som. Det är ej hans, ty Southam ligger ditåt;
De trummor som ni hör från Warwick komma.
Warw. Hvem kan det vara då? Det är kanhända
En oförmodad vän.
Som.   De äro nära,
Och ni skall strax få veta hur det är.

(Trummor.   Konung EDVARD *och* GLOSTER *komma m*
scherande med troppar).

7

K. Edv. Trumpetare, gå fram till vallarna
Och blås till underhandling.
    Glost.   Se på muren
Den bistra Warwick hur han går och postar.
    Warw. Fördömda streck! Den muntra Edvard här?
Hvar sof, hur mutades vår spejarflock,
Som icke sagt ett ord om Edvards ankomst?
    K. Edv. Nå Warwick, vill du öppna stadens portar?
Var höflig nu och böj ditt knä beskedligt! —
Nämn Edvard kung och tigg af honom nåd,
Så skall han dig förlåta denna skymf.
    Warw. Gå heldre sjelf din väg med dina troppar,
Och erkänn hvem dig lyftat upp och störtat;
Nämn Warwick skyddspatron, gör bot och bättring,
Så skall du få förblifva hertig York.
    Glost. Kung — borde han åtminstone ha sagt;
Hvad, eller skämtar han emot sin vilja?
    Warw. Ett hertigdöme är ju vacker skänk?
    Glost. Ja, för en fattig grefve att ge bort.
Jag vill för sådan skänk en tjenst dig göra.
    Warw. Det var ju jag, som gaf din broder kronan.
    K. Edv. Då är hon min, om ock som skänk af Warwick.
    Warw. Du ingen Atlas är för sådan börda;
Du vekling, Warwick tar igen sin gåfva,
Och nu är Henrik Warwicks kung och herre.
    K. Edv. Men Warwicks kung är Edvards fånge nu.
Hör, tappre Warwick, svara mig på det:
Hvad är en kropp, när hufvudet är af?
    Glost. Den Warwick, som så oförsigtig är
Att göra inpass mot en fattig tia,
När han på kuppen kan bli af med kungen!
I bispens slott du sist den stackarn såg;
Härnäst ni lära väl i Towern mötas.
    K. Edv. Så lär det gå; och ändock är du Warwick.
    Glost. Kom, Warwick, passa på! böj knä, böj knä.
Du måste smida, innan jernet kallnar.
    Warw. Jag heldre högg den ena handen af

Jag genast vill till Barnet mig begifva
Och strida med dig, Edvard, om du djerfs.
    K. Edv. Jo, Warwick, Edvard djerfs och visar vägen
Till strids, mylords! Sanct Georg ger oss seger!
                                            (Marsch. De .

ANDRA SCENEN.

Slagfältet vid Barnet.

(Tumult och anfall. Konung EDVARD *släpar in* WARW:
        som är sårad).

    K. Edv. Så ligg du der! dö du, och dö vår frukt
Ty Warwick var en buse för oss alla. —
Nu, Montague, sitt fast; jag söker dig,
Att Warwicks ben må hålla dina sällskap.   *(G*
    Warw. Ack, hvem är här? Kom, ovän eller vän,
Och säg, om Warwick eller York har segrat.
Hvi frågar jag? Min sönderhuggna kropp,
Min blodförlust och matta hjerta visa,
Att jag min kropp åt jorden måste gifva
Och åt min ovän segren, då jag stupar.
Så faller för den skarpa yxan cedern,
Hvars armar gåfvo stolta örnen skygd,
Hvars skugga skylde lejonet som sof,
Hvars topp sig bredde mera vidsträckt ut
Än Jofurs stolta träd och skyddade
För vintrens skarpa vindar låga buskar.
Mitt öga, nu af dödens skuggor skymdt,
Har lika skarpt som sjelfva middagssolen
Utspejat verldens fina svek och ränker;
Min pannas rynkor, fyllda nu med blod,
Vid kungagrafvar ofta liknades,
Ty Warwick kunde gräfva graf åt kungar,
Och ingen log när Warwick rynkte pannan.
Min ära nu är stänkt med stoft och blod!
Och mina skogar, mina gods och gårdar

{

Nu lemna mig; af alla mina jordar
Jag har ej mera än en kroppslängd qvar.
Ha, hvad är makt och ståt? Blott stoft och mull,
Och döden vräker sist oss alla kull.
(OXFORD *och* SOMERSET *komma*).
Som. Ack, Warwick, om du vore nu som vi,
Så kunde nog vi bota vår förlust!
Från Frankrike har drottningen oss skaffat
En mäktig här; ack, om du kunde fly!
Warw. Jag ville icke fly. — Ack, Montague,
Om du är här, så tag min hand, o broder,
Och håll min själ med dina läppar fast!
Ack, Montague, du håller mig ej kär;
Ty om du gjorde det, så sköljde du
Med dina tårar bort den stela blod,
Som hindrar mina läppar från att tala.
Ack skynda, Montague, ty annars dör jag.
Som. Ack, Warwick, Montague är hädangången;
Till sista pusten ropade han Warwick
Och sade: helsa till min tappra broder.
Han ville säga mer och sade ock,
Men doft det lät som i ett hvalf ett skott
Och kunde ej förstås; till slut likväl
Jag hörde tydligt hur han suckade:
Warwick, farväl!
Warw.   Frid vare med hans själ!
Fly, rädda er! I himlen mötas vi;
Och Warwick nu er bjuder sitt farväl.   (*Dör*).
Oxf. Bort, bort! Nu gå vi drottningen till mötes!
(*De gå och medtaga* WARWICKS *lik*).

TREDJE SCENEN.

En annan del af slagfältet.

(*Fanfarer. Konung* EDVARD *kommer i triumf med* CLARENCE,
GLOSTER *och de öfriga*).

K. *Edv.* Så vida går vår lycka framåt nu,
V. 6   81

Och vi med segerkransar äro prydda.
Men midt i denna dagens klara glans
Jag ser ett dystert svart och hotfullt moln,
Som med vår ärorika sol vill kämpa,
Förr'n den har gått till ro i vesterns bädd;
Ty veten, att den krigshär, som Margretha
I Gallien har värfvat, nu har landat
Och drager, som det sägs, till strid mot oss.
    Clar. En liten flägt kan skingra detta moln
Och blåsa det tillbaka till sitt ursprung;
För dina strålar torka dessa dunster,
Och hvarje molntapp föder ej en storm.
    Glost. Man tror, att hon har trettitusen man,
Och Somerset och Oxford flytt till henne.
Om hon får anderum, så lita på
Att hennes makt blir väl så stark som vår.
    K. Edv. Af våra trogna vänner ha vi sport
Att hon mot Tewksbury sin kosa riktar;
Vi, som vid Barnet nu ha seger vunnit,
Gå genast dit, ty hågen banar vägen;
Och under marschen skall vår styrka ökas
I hvarje grefskap, der vi draga fram. —
Låt trumman gå; friskt mod och framåt marsch! *(De ¦*

FJERDE SCENEN.

En slätt vid Tewksbury.

(En marsch. Drottning MARGARETHA, *prins* EDVARD, SOM
SET, OXFORD *och soldater).*

    Marg. Ej vise män sig grufva för förluster,
Men söka modigt bot för sina skador.
Om ock vår mast är vräkt i sjön af stormen,
Vår ketting sprungen, ankaret förloradt
Och halfva vår besättning sväljd af hafvet,
Så lefver dock vår lots; säg, borde han
Från rodret gå och, som en modlös pojke,

Föröka hafvets svall med tåradt öga,
Och stärka den som redan är för stark?
Bäst så han jemrar, kantrar kanske skeppet,
Som kunnat räddas genom mod och nit.
Ack, hvilken skam och nesa vore detta!
Vårt ankare var Warwick; nå, än sedan?
Och Montague vår stormast; nå, hvad mer?
Och våra dräpta vänner tacklet; nå?
Är Oxford ej vårt andra ankare?
Och Somerset en annan dugtig mast?
Och våra franska vänner tåg och tackel?
Och hvarför skulle ej åt mig och Edvard,
Oöfvade ännu, för denna gången
En öfvad styrmans embete förtros?
Vi lemna icke rodret för att gråta,
Men hålla kurs — fast vinden säger nej —
Från skär och klippor som med skeppsbrott hota.
Långt bättre trotsa böljan, än den smickra.
Är Edvard ej en obarmhertig sjö?
Är Clarence ej en flygsand full med falskhet?
Är Richard ej en kantig olycksklippa?
Och allesamman fiender till skeppet?
Här hjelper icke stort att kunna simma;
Sätt fot på sanden; genast sjunker du;
Stig upp på klippan; floden sköljer bort dig,
Om ej, så dör du trefallt genom hunger. —
Mylords, med dessa ord jag vill er visa,
Att den bland er som flyr ej hoppas kan
Af dessa bröder mer barmhertighet,
Än haf och sand och klippor kunna gifva.
Friskt mod! Det vore ju en barnslig svaghet
Att jemra sig för det som ej kan undgås.

Pr. En sådan hjeltemodig qvinna kunde,
Om hennes tal blef hördt af en pultron,
Uti hans bröst en sådan mandom gjuta,
Att han, fast naken, slog den pansarklädde.
Dock säger jag ej detta utaf misstro;

6*   83

Ty trodde jag, att någon här var feg,
Så skulle genast han få gå sin kos,
På det att ej i denna stora nöd
Han måtte andra smitta med sig feghet.
Om någon sådan fins, det Gud förbjude,
Så må han gå förr än hans hjelp behöfves.
Oxf. Hvad, barn och qvinnor med så dristigt mod,
Och krigsmän fega? — Hvilken evig skam! —
O, tappre prins, din ärorika farfar
I dig upplefver; länge lefve du!
Hans afbild blif och lifva upp hans ära!
Som. Och den som ej för detta hopp vill strida
Må gå till sängs och, ugglan lik vid dagsljus,
Bli hånad och begapad, om han vaknar.
Marg. Tack, ädle Somerset och gode Oxford!
Pr. Tag mot min tack; jag har ej mer att ge.

(En budbärare kommer).

Budb. J lorder, rusten er, ty Edvard nalkas
Till drabbning färdig; fatten djerft beslut.
Oxf. Det trodde jag; det är hans politik
Att skynda för att öfverraska oss.
Som. Men han bedrar sig, ty vi äro redo.
Marg. Det fröjdar mig att se ert mod och ifver.
Oxf. Här ställa vi oss upp och vika ej.

*(En marsch. På afstånd kommer konung EDVARD, CLARE
och GLOSTER med troppar).*

K. Edv. Der, krigskamrater, står den törneskog,
Som vi, med himlens hjelp och eder styrka,
Rothugga skola innan qväll det blir.
Er eld behöfver icke mera tunder,
Den flammar fyllest för att kola ned dem.
Signal till strid! Och friskt till verket, lorder.
Marg. I lorder, riddersmän och ädlingar,
Af tårar all min talan motsagd blifver;
J skåden hur, vid hvarje ord jag säger,

Jag måste svälja mina ögons vatten.
Er vare detta nog: er konung Henrik
Är deras fånge nu, hans spira röfvad,
Ians land ett slagtarhus, hans folk förtryckt,
Ians skatt förslösad och hans lagar kränkta;
)er står den ulf, som detta rof har gjort.
:r sak är rättvis; upp i Herrans namn!
ignal till strid! Nu varen tappra, lorder!

(Alla gå).

FEMTE SCENEN.

Tumult. Anfall. Återtåg. Derpå komma konung EDVARD,
CLARENCE, GLOSTER *och troppar förande med sig drott-
ning* MARGARETHA, OXFORD *och* SOMERSET *som fångar).*

K. Edv. Så har nu denna upprorstvist ett slut.
Till Hammes fästning genast af med Oxford,
)ch af med hufvudet på Somerset!
?ör bort dem strax! Jag vill ej höra dem.
Oxf. Jag skall med ord ej falla dig besvärlig.
Som. Ej heller jag; mitt öde bär jag tåligt.
(OXFORD *och* SOMERSET *bortföras af vakt).*
Marg. Så skiljas vi med sorg i jemmerdalen,
Men mötas fröjdefullt i paradis.
K. Edv. Månn' kungjordt är, att den som griper Edvard
Skall stor belöning få, och han sitt lif?
Glost. Ja, det är gjordt; men se, der kommer Edvard.

(Soldater komma med prins EDVARD).

K. Edv. För fram den tappre; låt oss höra honom. —
Hvad, kan ett sådant litet törne stickas?
Säg, Edvard, hvilken bot kan du mig gifva,
För det du väpnat dig och uppror gjort
Och vållat sådan ofrid och bekymmer?
Pr. Nej, tala undersåtligt, stolta York,
Och tro, att här du hör min fader tala.
Tag hit din krona och böj knä för mig,

85

Så skall jag samma ord dig förelägga,
Som du mig förelagt, förrädare!
Marg. Ack, att din fader varit så beslutsam!
Glost. Så hade du fått gå i stubb ännu
Och sluppit ta från Lancaster hans byxor.
Pr. Æsopus må i vinterqvällen jollra;
Hans grofva fabler passa icke här.
Glost. För detta ord du pinas skall, ditt kryp.
Marg. Ja, du är född till menskoslägtets pina.
Glost. För Guds skull, skaffa bort den arga konan!
Pr. Nej, snarare den arga puckelryggen.
K. Edv. Tig, pojke! annars täpper jag din mun.
Clar. Du är för näsvis, oförskämda unge.
Pr. Jag känner pligtens bud, J bryten det.
Du fräcka Edvard och du falska Georg —
Du krympling Richard, — veten allesamman,
Att jag er herre är, förrädare! —
Du hånat har min faders rätt och min.
K. Edv. (*Sticker honom*). Se der, du afbild af
spotska qvinnan.
Glost. (*Sticker honom*). Du sprattlar? Så jag lind
dina dödsqval.
Clar. (*Sticker honom*). Se der, för det du kallade
falsk.
Marg. O, döda också mig!
Glost. (*I begrepp att stöta ned henne*). Det kunde
gå för sig.
K. Edv. Håll, Richard, håll! Vi redan gjort för myc
Glost. Hvi skall hon fylla verlden mer med trätor
K. Edv. Hon svimmar; laga, att hon kommer sig.
Glost. Ursäkta mig hos kungen, broder Clarence,
Jag går till London i ett vigtigt värf;
J skolen derifrån snart höra nytt.
Clar. Hvad då, hvad då?
Glost. Towern, Towern.
Marg. Mitt barn, min Edvard, tala till din mor!
Kan du ej tala? — Bofvar! Mördare! —

Då Cæsar dräptes utgjöts intet blod,
Bedrefs ej något dåd som kräfde tadel,
Såframt man jemför detta mord med hans.
Han var en man, men denne är ett barn,
Och män ej bruka slösa våld på barn.
Fins värre namn än mördare, så säg!
Nej, nej, mitt hjerta brister om jag talar,
Och tala vill jag tills mitt hjerta brister.
Ni skurkar, bödlar, vilda kannibaler!
O, hvilken ljuflig blomma här ni knäckt!
Ni har ju inga barn, ni slagtare,
Ty hade ni, så skulle samvetsqvalen
Vid minnet utaf dem ha vaknat opp.
Om någonsin ett barn blir er beskärdt,
Så må det i sin ungdom dräpas så,
Som denna unga prins ni mördat, bödlar!
K. Edv. För henne bort; hon släpes bort med våld.
Marg. Nej, släpa ej, gör ända på mig här;
Stöt till, jag skall förlåta dig min död;
Du vill det ej? — Nå, Clarence gör det du.
Clar. Vid Gud, jag vill ej sådan fröjd dig göra.
Marg. Ack, goda Clarence, söta Clarence, gör det.
Clar. Du har ju hört min ed att jag ej gör det?
Marg. Ja, men du brukar göra mened, Clarence.
Förr var det synd, men nu barmhertighet.
Hvad, vill du ej? Hvar är den djefla slagtarn,
Den grymma Richard? Richard, säg, hvar är du?
Du är ej här; du är på mord så gifmild,
En bön om blod du aldrig visat af.
K. Edv. Bort, säger jag! För henne bort med våld!
Marg. Som denne prins, så gånge er och edra!
(Hon föres ut med våld).
K. Edv. Säg, hvart har Richard tagit vägen?
Clar. Till London hastigt; om jag gissar rätt,
Så lagar han i Towern blodig qvällsvard.
K. Edv. Han sölar ej, när han beslutat något.
Nu draga vi vår väg, affärda truppen

Med sold och tack och skynda oss till London
Och se hur det står till med vår gemål.
Jag hoppas, att en son hon redan skänkt mig.   *(De gå).*

SJETTE SCENEN.

London. En kammare i Towern.

(Man ser konung HENRIK *sitta och läsa i en bok; bredvid
honom står kommendanten på Towern.* GLOSTER *kommer in).*

Glost. God dag, mylord! Så ifrig vid er bok?
K. Henr. Ja, gode lord; — jag borde sagt mylord;
Att säga gode, är ett syndigt smicker;
Du gode Gloster och du gode satan
Är ett och samma; lika galet sagdt.
Och derför säger jag ej gode lord.
Glost. Gå bort; vi vilja vara för oss sjelfva.
(Kommendanten går).
K. Henr. Så flyktar vårdslös herde undan vargen.
Så ger det fromma fåret först sin ull
Och sedan strupen under slagtarknifven.
Hvad dödsscen ämnar Roscius nu spela?
Glost. Ett syndigt sinne anar städse ondt;
En tjuf i hvarje buske ser en länsman.
K. Henr. Den fogel, som på fogellim har sutit,
Med skygga vingar far kring hvarje buske,
Och jag, en liten fogels arma far,
Nu har det olycksföremål för ögat,
Som snärjde, tog och drap min stackars unge.
Glost. Ha, hvilken narr var icke han på Creta,
Som satte vingar på sin narr till son,
Som drunknade så fogel som han var.
K. Henr. Jag Dædalus; min gosse Icarus;
Din fader Minos, som oss flygten stäckte;
Den sol, som smälte ned min gosses vingar,
Din broder Edvard; sjelf du hafvet är,

Hvars afundsjuka djup hans lif har slukat.
Ack, dräp mig med ditt svärd, men ej med ord!
Mitt hjerta bättre tåla kan din dolk,
Än mina öron detta sorgespel. —
Men hvarför kom du? Vill du åt mitt lif?
    Glost. Säg, tror du då, att jag en bödel är?
• *K. Henr.* Att en förföljare du är, det vet jag;
Om mord på oskuld är en bödelssyssla,
Välan, så är du ock en bödel, Gloster.
    Glost. Din son jag drap, för det han sig förhäfde.
    K. Henr. Om dig man dräpt, då först du dig förhäfde,
Så hade du min son ej hunnit dräpa.
Och här jag spår dig nu, att många tusen,
Som än ej ana minsta gnista ondt,
Och mången gubbes suck och mången enkas,
Och många faderlösas våta ögon —
Far sörjer son och enkor sina män,
Och faderlösa sina fäders brådöd —
Den dag beklaga skola då du föddes.
En uggla skrek då du blef född till verlden,
En kråka kraxade om onda tider,
Och hundar tjöto, stormen bräckte träd,
Och korpen satt och rufvade på skorsten,
Och skator skrattade i stygga missljud.
Din moder kände mer än moders smärta,
Dock fick hon mindre än en moders hopp,
Hon fick en otäck och vanskaplig klump,
Ej frukten lik af sådant herrligt träd.
Du hade tand i mun, då du blef född,
Till tecken att du skulle bita verlden;
Och om hvad jag för öfrigt hört är sant,
Så kom du —
    Glost. Håll upp! — Och dö uti ditt tal, profet!
                      (Sticker honom).
Bland annat blef jag född att göra detta.
    K. Henr. Och ännu många andra mord. — O Gud,
Förlåt min synd, förlåt hvad han har gjort!   *(Dör).*

K. Edv. Tack, ädle Clarence, gode broder tack.
Glost. Min kärlek till det träd som fostrat dig
Bevisar jag med denna kyss på frukten;   *(Afsides).*
Så kysste Judas ju sin mästare
Och sade "hell" då "ve" han menade.
K. Edv. Nu thronar jag så godt som jag kan önska
Med frid i landet och med bröders kärlek.
Clar. Hvad vill ers nåde med Margretha göra?
Till franska kungen hennes far förpantat
Sicilierna och Jerusalem
Och skickar dem som lösen nu för henne.
K. Edv. Bort! Skeppa henne af till Frankrike.
Hvad återstår, om ej att tiden njuta
Med ståt och prakt och muntra skådespel,
Ett muntert hof till höfvisk ro och gamman?
Upp, pukor och trumpeter? — Sorgen vike,
Nu börjar stadig fröjd för detta rike.   *(De gå).*
